Anke Girod arbeitete über 13 Jahre als Lehrerin und Mitglied der Leitung an verschiedenen Schulen in Hamburg und Schleswig-Holstein, zudem war sie als systemischer Coach Begleiterin von Lehrern, Referendaren und Eltern. Sie unterrichtete als Lehrbeauftragte an der Universität in Hamburg, ihr Fachgebiet ist konstruktive Kommunikation. Sie hatte schon immer eine Schwäche für fantasievolle, humorvolle Geschichten mit Illustrationen, die den Leser in fantastisch schöne und spannende Welten eintauchen lässt. So liebt sie das kribbelige Gefühl im Bauch, wenn die Buchfiguren »aufstehen« und Teil des eigenen Lebens werden. Anke Girod lebt mit ihrem Mann, zwei Kindern und einem Kater in Hamburg.

Lea Melcher zeichnet, schreibt und malt in Mainz. Nach einiger Zeit in Paris und den USA hat sie sich dazu entschieden, mit ihren beiden Katzenhelfern von zu Hause aus zu arbeiten.

Anke Girod

Kakaoherz & Listenliebe

Das Chaos, das sich mein Leben nennt

Mit Illustrationen von Lea Melcher

Oetinger Taschenbuch

Klimaneutral
Druckprodukt
ClimatePartner.com/53248-2011-1002

Dieses Buch wurde klimaneutral produziert. Dadurch fördern wir anerkannte Nachhaltigkeitsprojekte auf der ganzen Welt. Erfahre mehr über die Projekte, die wir unterstützen und begleite uns auf unserem Weg unter www.oetinger.de

FSC www.fsc.org
MIX
Papier aus verantwortungsvollen Quellen
FSC® C014496

Originalausgabe
1. Auflage

Umschlaggestaltung und Innenillustrationen: Lea Melcher
Satz: Sabine Conrad, Bad Nauheim
Druck und Bindung: GGP Media GmbH,
Karl-Marx-Straße 24, 07381 Pößneck, Deutschland
Printed 2021
ISBN 978-3-8415-0653-5

www.oetinger-taschenbuch.de

KAPITEL 1

Mein 13. Geburtstag: endlich *Teen*! Yeah! Zeit für ein neues Notiz- und Checklistenbuch! Ich liebe Listenbücher! Gut zum Sortieren, Orientieren, Klären, Verdauen, Abreagieren – nur ganz selten verwirrend … ehrlich! Also, Achtung: Tusch und Tadaaaa, jetzt gibt es einen Neustart von einer In-fünf-Jahren-Erwachsenen, nämlich mir, Luv Loolister.

checkliste nr. 1

(EINE DER WICHTIGSTEN BISHER!) ♡

Für den bombastisch, gigantisch schönsten ersten Kuss der Welt:

1. Welt bleibt stehen, check ✓
2. Welt wird unsichtbar, check ✓
3. Welt geht unter, check ✓

Tja, schön wär's. Genau an dieser Checkliste sieht man schon, dass ich voll der Nullchecker für den ersten Kuss bin. Das kann ich ja niemals so hinbekommen. Warum? Weil ich mich immer durch tausend Sachen von dem ablenken lasse, was ich eigentlich tun will, und mich andauernd in Kleinigkeiten verheddere. Ganz zu schweigen von meiner XXL-Schüchternheit (nein, leider nicht XXL-Schönheit). Und die Tatsache, dass weit und breit niemand da ist, von dem ich überhaupt geküsst werden will, erhöht die Chance auf so einen Kuss auch nicht gerade (außer von Finn vielleicht, und der schwebt leider meilenweit über mir – Oberstufe – und hat mich wahrscheinlich in drei Jahren und 1254 gemeinsamen Schulhofpausen nicht einmal bemerkt).

Trotzdem ist das jetzt mein großes Ziel: mal sooo einen (siehe oben) Kuss zu bekommen.

Träum weiter, Luv. Ich weiß.

CHECKLISTE NR. 2

Mein Traum von einer eigenen Upcycling-Bastelwerkstatt. So müsste sie aussehen:

1. Ruhig gelegen
2. Tür, die man richtig schließen kann
3. Mit tausend Regalen für alle meine Papiere, Pappen, Farben, Gläser, altes Geschirr, Tabletts, Korken,

Stoffe, Wolle, Holz, alte Rahmen, Knöpfe, Leisten, Spiegel, Perlen, Silberdraht usw.

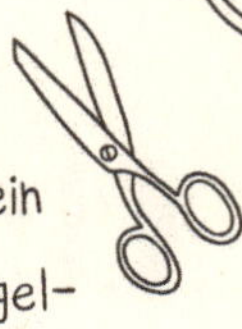

4. Platz für alte Paletten und Flohmarktmöbel
5. Eine ganze Wand entlang Halterungen für mein Werkzeug, Zangen- und Pinselbecher, die Nagelsammlung usw., sodass ich endlich nicht mehr so viel suchen muss
6. Mit Strom – fürs Bohren und so

7. Unbedingt: eine Miniherdplatte zum Kochen des weltbesten Chili-Kakaos 😊

8. Platz für zwei dicke Sessel (einen habe ich schon, einen zweiten muss ich mir vom Flohmarkt holen und neu beziehen, ich steh auf Shabby Chic) und einen Flickenteppich (will ich aus Kleidungsresten häkeln, die ich in dünne Streifen schneide, sieht schön aus, wie Bändchenwolle, ganz cool – ja, und irgendwie auch nachhaltig, ebenfalls gut!). Warum zwei Sessel? Lavinia muss auf jeden Fall auch einen haben, auch wenn sie Sägespäne und Kleberduft ätzend findet und eine Allergie gegen Stricken hat. Für einen Kakao mit viel Quatschen nähme sie das aber in Kauf. Ziemlich sicher. Beste Freundin eben 😊.

Leider auch hier: Träum weiter, Luv. Ohne Garten und ohne Keller keine Werkstatt. Shit.

CHECKLISTE NR. 3

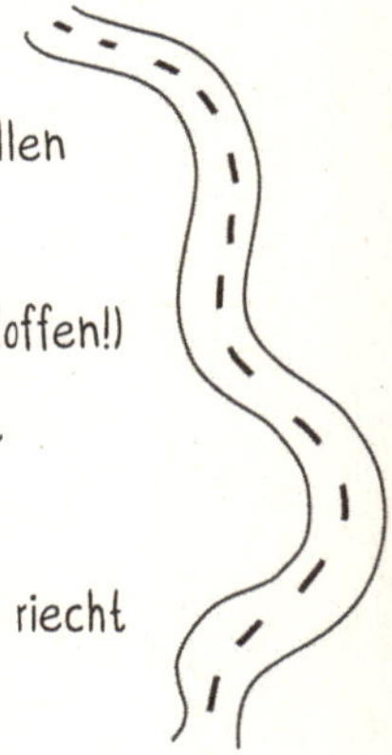

Wieso wird mir jeden Morgen leicht übel, wenn ich in die Schule gehe?

Mögliche Erklärungen:

1. Der extreme Rosendüngerduft auf dem Weg ist hart.
2. Die Mülltonnen neben dem Schuleingang quellen über.
3. Der Hausmeister hängt seine Hundekottüten (offen!) morgens zunächst an den Zaun, wenn er mit seinen drei Weimaranern Gassi geht.
4. Das Bohnerwachs auf dem Fußboden der Flure riecht wie angebrannter Toast.

Was ist eigentlich mit meiner Nase los? Wieso habe ich da keinen besseren Filter drin? Ist das bei den anderen auch so? Oder ein Baufehler am Modell Luv? Okay, wo kann man Nasen tauschen? Meine Eltern meinen wieder mal, sie wären nicht zuständig. Typisch. Ich finde ja Reklamationen bei den Erzeugern total logisch.

CHECKLISTE NR. 4

Soll ich die Rolle der zweiten Tänzerin im Schul-Musical annehmen?

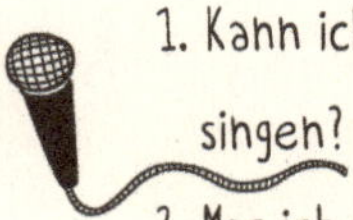

1. Kann ich gut laut vor anderen sprechen und singen? Nein.
2. Mag ich gerne, dass mich 500 Leute eine Stunde lang anstarren? Nein.
3. Habe ich schöne Kleidung für die Rolle? Nein.
4. Lerne ich gerne viel Text? Nein.
5. Kann ich Hip-Hop tanzen? Nein.
6. Will ich am Ende William Kleinborst lange umarmen? Auf keinen Fall!!
7. Will ich die Rolle annehmen? Ja.

Häh? Das macht keinen Sinn, Luv. Denk dir demnächst eine neue Checkliste aus. Diese hier funktioniert nicht.

checkliste nr. 5

Jetzt weiß ich es: Schnipsen beim Melden ist nicht gleich Schnipsen. Ohne mich umzudrehen, erkenne ich nämlich am Schnipsen, wer sich meldet. Krass.

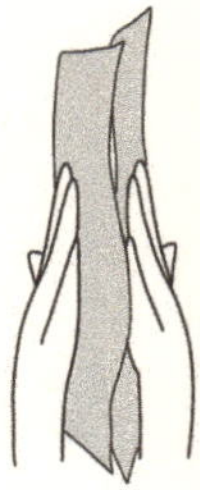

1. Bei Louis hört es sich an wie knackende Erdnüsse (nur hektischer).
2. Bei Emmi wie Seidenpapier, das man aneinanderreibt.

3. Bei Tara wie Knöpfe, die aufeinanderschlagen.
4. Bei Bennett wie kleine Explosionen, so als würden Chinaböller, gedämpft in einer Mülltonne, losgehen (passt auch zu ihm ...☺).

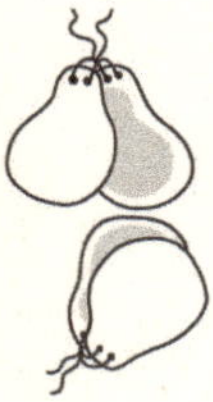

5. Bei Lavinia wie Kastagnetten (sie hat superstarke Hände vom Reiten).

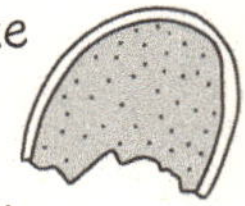

6. Bei Jimmy wie hartes Brot, bei dem jeder Biss eine Plombe wegbrechen lässt. (Brrrr, bei seinem Schnipsen läuft es mir immer kalt den Rücken runter.)
7. Bei Lea wie das Klackern von Absatzschuhen.

Wirklich krass. Jetzt verstehe ich, warum Blinde sich so gut orientieren können. Aber warum kann *ich* das auch? War ich als Blinde vorgesehen, oder wie? Oder wozu soll fantastisches Hören sonst noch gut sein?

CHECKLISTE NR. 6

Papa benimmt sich seltsam. Woran sehe ich das?

1. Ist immer super gelaunt, wenn er nach Hause kommt.
2. Kommt später als sonst.

3. Nennt mich wieder sein »Supergirl«. Kotz.
4. Merkt wenig (zum Beispiel, wenn »Supergirl« die Augen verdreht).
5. Hält seine Zeitung verkehrt herum (zweimal gesehen).

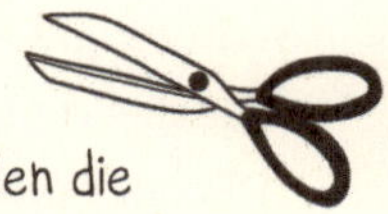

6. Rennt alle zwei Wochen zum Friseur (was sollen die da noch machen? Augenbrauen föhnen, oder was?).
7. Rührt mit Lesebrille seinen Kaffee um.

KAPITEL 2

Ein Jahr und 101 Checklisten später (nach dem irren Knall zu Hause)

Es ist echt ein Kreuz, wenn man immer mehr mitbekommt, als man will. Ich meine, ist es jetzt nötig, dass ich zusätzlich zu meinen klitschnassen Fingern auch noch mein Herz extrem deutlich schlagen höre? So, als befände es sich, in zwei gleichmäßige Hälften zersprungen, in meinen Ohren – der Stereosound ist gigantisch. Außerdem irritiert mich das Licht, dessen Helligkeit leicht schwankt, sie haben hier wohl Schwierigkeiten mit einer gleichmäßigen Stromspannung – aber das registriere wahrscheinlich mal wieder nur ich.

Wieso muss ausgerechnet ich ziemlich plötzlich umziehen? Und wieso muss ich von einem Direx meiner neuen Klasse vorgestellt werden, der nach Anti-Schuppen-Shampoo von hier bis nach Neuseeland riecht (wirklich jetzt, locker um die halbe Erdkugel rum), sodass ich neben ihm in einem süßlichen Dunst gefangen bin wie ein Fisch in der Reuse? Und dessen feine Schuppen sich beim Laufen von ihm lösen und wie Pusteblumensamen verteilen. Mehrmals habe ich hinter ihm auf dem langen Schulflur der Versuchung widerstanden, kräftig in sein Haar zu blasen, um zu sehen, ob der Direx dann – einer Pusteblume ähnlich – um zwei Drittel an Masse schrumpfen würde.

Und jetzt hier neben ihm, vor allem aber VOR MEINER NEUEN KLASSE, fühle ich mich wie gelähmt von seinem mehr als scheußlich zuckrigen Duft, dem Gedanken an die Schuppen, von denen nun wohl leider auch einige auf meinen Schultern liegen, den Percussions in meinen Ohren, meinen schweißnassen Fingern sowie dem – aus meiner Sicht – grellen Partyflimmern im Klassenzimmer. Und dabei habe ich die 25 auf mich gerichteten Augenpaare der mir unbekannten Achtklässler noch nicht einmal berücksichtigt. Ich starre lieber runter auf meine Füße, so als wollte ich sie auf dem Fußboden festtackern. Denn noch mehr Reizaufnahme, und ich wäre mir nicht sicher, ob meine Beine verlässlich stehen bleiben oder in einem gigantischen Fluchtreflex zum Sprint aus dem Klassenzimmer ansetzen würden.

Und dann kommt es. Eine einfache, norddeutsche, freundliche Begrüßung.

»Moin, Luv, schön, dass du da bist! Vielleicht stellst du dich einfach selbst gleich mal vor!«

So freundlich und einfach, dass nur eine einzige Reaktion verständlich wäre. Aber klar, genau so was Einfaches geht ja leider nicht mit mir. Also folgen zwei grandios knistrige, peinliche Schweigeminuten, bis der Lehrer glücklicherweise schnell selbst ein paar improvisierte Wortkombinationen zu meiner Person fallen lässt. Aus München. 14 Jahre. Luv Loolister. Kann gut Bühnenbilder und Upcycling-Kunst. Herzlich willkommen.

Der Herr Jungsen kann so was wenigstens.

Ja, sicher, das hätte man sich gleich denken können, dass mir auf die Bitte des – zugegeben ganz sympathisch wirkenden – Klassenlehrers kein einziger Ton über die Lippen kommt. Wie auch, aus meiner Sicht herrscht hier ja schon die totale Reizüberflutung. Jetzt noch Worte ausspucken, von denen ich nicht weiß, wie sie ankommen – bei total Fremden! –, das würde mir den Rest gegeben. Dann würde ich hinterher wieder stundenlang darüber nachdenken, welches Wort ich lieber weggelassen hätte. Wenigstens das Problem habe ich jetzt nicht. *Kein einziges* Wort bedeutet wenigstens kein *falsches* Wort.

Was es aber leider auch bedeutet: Mein erster Auftritt vor meiner neuen Klasse ist für die anderen wahrscheinlich so spannend, wie es ist, einen Goldfisch zu beobachten. Nur, dass die (eigenen!) Schuppen eines Goldfisches wenigstens noch schön glänzen.

Am Nachmittag nehme ich mir dann erst einmal eines meiner schönsten Notizbücher – das, das ich mit goldener Ringbindung und aus gebrauchtem, coolem Geschenkpapier selbst hergestellt habe und das mir besonders gut gelungen ist. Denn nach diesem ersten Schultag muss ich meine Nerven mit richtig »hartem Geschütz« beruhigen. Und was kann mir – außer meinem Selbstgebastelten – besser helfen, als eine Liste zu schreiben? Richtig, viele Listen schreiben! In mein Lieblingsbuch.

Das hat mich auch gerettet, als mein Vater mich und meine Mutter vor einem Jahr plötzlich verlassen hat. Das heißt, für mich nur *fast* plötzlich. Ich hätte einfach eins plus eins (die Indizien standen in meiner damaligen Liste 6!) zusammenzählen sollen. Aber ich wäre im Leben nicht draufgekommen. Obwohl ich sonst eher die Flöhe husten höre. Doch Paps' neue Freundin, »die ihn viel besser versteht als meine Mutter«, wie er meint, habe auch ich vorher nicht »riechen« können. Und hinterher kann ich sie schon gar nicht mehr riechen. Versteht sich.

Ich beschließe also feierlich, jetzt und genau hier mit neuen Listen zu beginnen – für jedes Problem eine. Irgendwie hoffe ich immer noch, dass sich daraus irgendwann mal ein Muster ergeben wird, ein Muster an Erkenntnissen sozusagen. Mit deren Hilfe ich dann alles auflösen kann … sodass ich mich endlich mal durchschnittlicher fühle, so wie andere halt. Einfach mal mein Leben leben. Und nicht immer so ein Leben, das gefühlt mindestens vier Parallelwelten beinhaltet, nämlich:

1. Die Geräuschewelt: zu viele Geräusche, die die meisten anderen wahrscheinlich nicht ganz so deutlich hören.
2. Die Körperwelt: zu viele Körperwahrnehmungen, lauter Pillepalle, die oft völlig uninteressant sind und nur von dem ablenken, worauf ich mich eigentlich konzentrieren will – Herz laut schlagen hören, Magenbrummen etc.
3. Die Lichtwelt: Licht, das ständig seine Intensität verändert und mich manchmal etwas nervös macht.

4. Die Duftwelt: Überall riecht es interessant, komisch oder beeindruckend, ob ich will oder nicht.

Das Ganze muss man doch irgendwie auflösen können, sodass ich mich eher als ein Ganzes empfinden kann, als etwas spontan Lebendes und nicht so etwas Hochgetuntes, das dauernd überlegt, welche der 15 Wahrnehmungen jetzt wohl am wichtigsten ist. Oh Mann, autsch, echt jetzt! Ich habe mir schon Gedanken gemacht, ob ich je jemanden küssen können werde. Ich meine, so richtig küssen, mit Geigen im Himmel hören und sonst nichts. Aber ich würde wahrscheinlich beim Kuss überlegen, welchen Waschmittelduft sein Shirt hat, ob da wirklich nur mein Blut so laut durch die Adern meines Gehörgangs rauscht oder ob das schon ein Hörsturz ist usw.

So ein echter Luv-Kuss würde das wahrscheinlich werden. Niemals spontan, niemals die Welt um mich herum vergessen und niemals fest davon überzeugt, dass alles gut ist und ich genau so in Ordnung bin, wie ich gerade bin. Na toll.

Hilft ja nichts, da muss ich jetzt endlich mal was gegen machen. Irgendein Teil von mir denkt, dass ich das Rätsel (das Rätsel »Ich« – echt grandios!) lösen kann, wenn ich nur lange genug versuche, mehr Strukturen zu verstehen. Also her mit den Listen!

Nach dem Umzug ins nördliche Nirgendwo (von den Einheimischen und auf der Karte als »Kleinhüttenhausen« bezeichnet) kommt deshalb nun wieder ein Neustart mit:

CHECKLISTE 1

Was wollte mir der braunhaarige (zugegeben sehr süße) Typ in der ersten Reihe damit sagen, als er mir vorhin bei meiner Vorstellung in der Klasse zugeblinzelt hat? (Ganz am Anfang habe ich einmal ein winziges bisschen hochgeguckt.)

Antwort A: »Kann man die wegbeamen, wenn man fest genug blinzelt?«

Antwort B: »Hey, du hast da was im Auge!«

Antwort C: »Sammelst du Schuppen? Dann hast du jetzt genug.«

Antwort D: »Igitt, Schuppen – die fällt eindeutig nicht in mein Beuteschema. Chill, chill.«

Oder aber, allerdings sehr und höchst unwahrscheinlich:

Antwort E: »Hey, schön, dass du da bist. Affige Situation, aber du hältst dich gut. Daumen hoch.«

Seufz, schön wär's.

checkliste 2

Und überhaupt, was war das für ein leises Klackern die ganze Zeit im Hintergrund?

Variante a: Ein paar meiner neuen Mitschüler machten heimlich Fotos von mir und posten sie jetzt schon irgendwo, Titel: »Zuzug aus dem Süden. Können die Einheimischen da unten eigentlich auch sprechen?« (Nee, das wohl echt nicht, der Direx und der Lehrer hätten bestimmt die Handys kassiert.)

Dann Variante b: Die Mädchen hier im Norden tragen alle hohe Absätze und haben bei meinem Anblick vor Langeweile genervt ein Stakkato aufs Linoleum gestampft.
(Hm, unwahrscheinlich. Die meisten Mädchen hier wirken angenehm bodenständig und haben natürlich keine High Heels im Unterricht an.)

Variante c – und von der hoffe ich nun sehr, dass sie es auf keinen Fall ist: Der Lehrer knipste nachdenklich einen Kugelschreiber auf und zu, während er sich Notizen zu meinem peinlichen Auftritt machte und versuchte, meine Schüchternheit fürs

kommende Zeugnis schon mal möglichst alarmierend zu formulieren.
(Reiher ins Eck, so gemein kann der ja wohl nicht sein.)
Okay, dann fällt mir jetzt glücklicherweise noch Variante d ein:
Durch die alten Heizungsrohre im Klassenzimmer knatterten gemütlich Luft und heißes Wasser, das hatte ich bei uns im alten Haus oft in den Kellerrohren gehört.

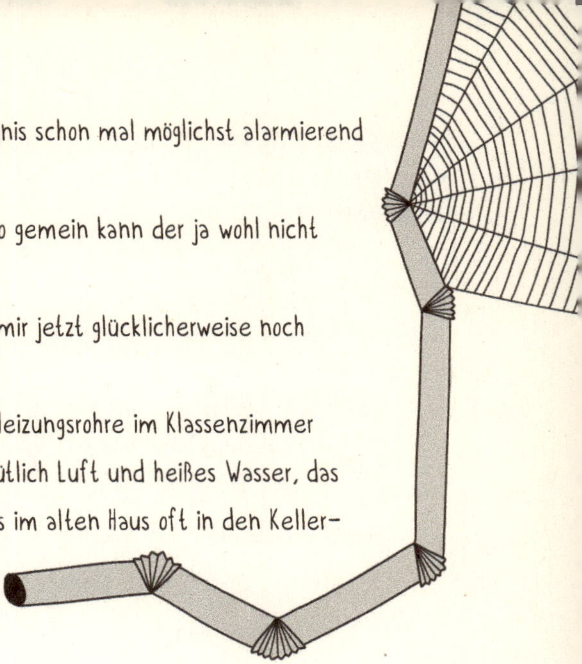

Okay, check, das Letzte nehme ich! Puh. Dann ist ja doch alles gar nicht so schräg gelaufen, wie es sich im ersten Moment angefühlt hat. Bis auf den penetranten Direx-Duft und seinen Schuppenflug. Aber da gibt es echt Schlimmeres. Und meine Banknachbarin hat mich eigentlich ganz nett angelächelt, dazu fällt mir glücklicherweise keine andere Erklärung ein. Danke.

Erleichtert lehne ich mich zurück. Checklisten-Check hat geholfen. Mit den Hausaufgaben bin ich fertig, dann kann ich ja jetzt mal den alten Schuppen in unserem neuen Garten erkunden, von dem meine Mutter meint, den könne man eh zu nichts gebrauchen. Sie kann ja nicht ahnen, dass der irgendwie mein Traum ist. Na ja, eigentlich träume ich von etwas Coolerem, aber trotzdem bin ich meinem heimlichen Wunsch noch nie so nahe gekommen wie mit dieser hutzeligen Holzhütte.

Okay, jetzt habe ich das kleine Ding mal gründlich inspiziert. Und eine Liste ist dringend nötig:

CHECKLISTE 3

Vom Schrotthaufen zur Traumwerkstatt in zehn Schritten (oder so ähnlich jedenfalls …)

1. Alte Gartengeräte und Möbelschrott rauswerfen bzw. angucken, was noch zu kleinen Recycling-Schmuckstücken umgearbeitet werden kann
2. Hütte innen schrubben, bis sie glänzt, beide kleine Fenster putzen, dann Rahmen weiß anmalen

3. Regale anbringen (am besten aus diesem wackligen Holzgartentisch, den der Vorbesitzer hiergelassen hat, Regalbretter sägen)
4. Meine geliebten Bau- und Bastelmaterialien sowie Werkzeuge in die Regale räumen
5. Werkbank aufstellen

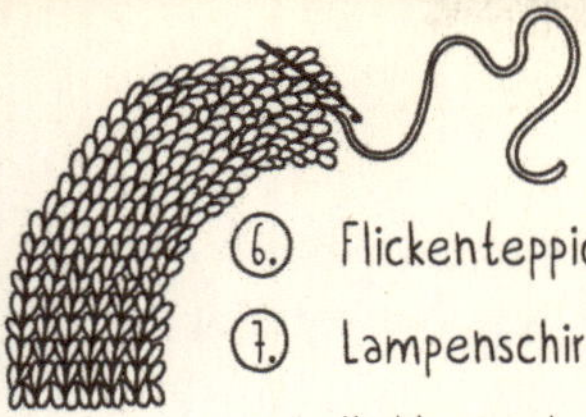

6. Flickenteppich aus alter Lieblingskleidung häkeln[1]
7. Lampenschirm[2] aus Silberdraht und meinen Kettenperlen basteln (dafür alte Kette mit den riesigen roten und lilafarbenen Glasperlen von Tante Ida und meine alten Kinderketten auflösen)
8. Mit dem dicken alten Sessel eine Art Kakao-Ecke vor dem einen kleinen Fenster einrichten und Mama dafür kleine Camping-Herdplatte und winzigen runden Blumentisch abschwatzen

9. Auf nächstem Flohmarkt einen zweiten gemütlichen Sessel für Kakao-Ecke ersteigern
10. Hütte von außen in Schwedenrot streichen?
11. Supermarkt um alte Paletten bitten und daraus kleine Terrasse vor der Hütte bauen (wäre voll cool!) – Windlichter[3] aus Marmeladengläsern mit Wolldesign basteln und in schicken Grüppchen auf die Terrasse stellen

1 bis 3 Anleitung hinten in meinem Ideenbuch

Hm, das wird alles eine ganze Weile dauern, das ist jetzt schon klar. Schade, dass Mama durch den neuen Job bei der Zeitung hier in Kleinhüttenhausen eigentlich gar keine Zeit mehr für gemeinsame »Recyclingprojekte« hat. Wenn ich an unseren legendären Sessel denke, den wir dem Mann auf dem Recyclinghof regelrecht aus den Armen gerissen haben, gerade noch rechtzeitig, bevor der ihn in die Presse werfen konnte. Aus fast komplett unversehrtem Rattan, nur neue Kissen mussten wir uns nähen ... aus der alten Rosen-Lieblingsbettwäsche von mir. Ist schon toll gewesen. Seufz. Na ja, wenigstens wird dieser gemütlich-stylische Sessel jetzt den Grundstock für meine kleine Kakao-Ecke bilden.

Ach ja, aber bis Weihnachten wird der Bau meiner »Traumwerkstatthütte« wohl leider dauern. Obwohl wir erst Anfang Oktober haben. Wegen der Schule kann ich ja leider nur nachmittags und am Wochenende an meiner schönen Hütte bauen. Hoffentlich labert Mama mich nicht wieder voll von wegen, ich dürfe mich nicht so viel allein eingraben, solle Kurse besuchen, in Vereine eintreten, doch noch ein Musikinstrument lernen ... et cetera pp. Nö, herzlichen Dank!

Mein nächstes Ziel ist jetzt: Lavinia am ersten Wochenende im Dezember zur Traumwerkstatt-Einweihung einzuladen – das wäre das Nikolaus-Wochenende, sehr nice! Hoffentlich darf sie wirklich für ein Wochenende kommen. (Ihre Eltern sind leider total streng – da fällt mir ein: Ob ich die kleine, elektrische Heizung aus unserem Keller haben kann ... jedenfalls für die Wintermonate?) Und dann will ich mit Lavinia wie früher Kakao trinken, sie übt ihr cooles Handlettering, und ich bastele noch irgendwelchen Schmuck für die Hütte, und dabei erzählt sie mir einfach alles, was passiert ist, seit ich aus München weg bin. Und ich berichte ihr brühwarm meine neuesten, hoffentlich nicht nur Schuppen-Flug-Geschichten aus Kleinhüttenhausen – Mann ey, wie sich der Name von diesem Ort schon anhört ... na ja.

Ach, Lavinia, seufz. Sie fehlt mir am meisten von allen und allem. Sollte das nicht eigentlich mein Vater sein? Aber der ist als Flugkapitän ja sowieso meistens unterwegs gewesen.

KAPITEL 3

Hilfe, was soll das denn jetzt?

Auf keinen Fall kann ich diese Laila bei Proben für die *wichtigste* Theatervorführung der letzten zehn Schuljahre vertreten! Auch wenn es nur ein paar wenige Proben sind, für die sie mich brauchen würden! Verdammt, was muss ich auch ausgerechnet genau zur bombastischen Hundertjahrfeier dieser Schule hierherziehen?! Wieder mal mein typisches Glück!

Was allerdings wirklich mal zu checken wäre:

CHECKLISTE 4

a. Warum werde immer ich für solche Vertretungssachen angefragt?

b. Glaubt mir keiner, dass ich echt schüchtern bin? Denken alle, ich tu nur so, aber in Wirklichkeit bin ich der Bühnen-Knaller, oder was?

c. Bin ich vielleicht gar nicht so schüchtern, wie ich immer denke, und bin tatsächlich ein Bühnen-Renner? (typische Selbstzweifel, die funktionieren bei mir in alle Richtungen ...)

d. Oder ist die Lösung wieder ganz einfach: Immer wenn jemand mit welligen, fast schwarzen, schulterlangen Haaren gebraucht wird, dann kommt man auf mich. Echt jetzt, es ist nur mein Haar, Leute? Puh, na danke ...

Punkte a bis d erscheinen zu unklar und wirr. Aber eins ist sicher: Auf gar keinen Fall lerne ich für nur drei Wochen mit insgesamt sechs Proben den Text der Andalusia für das ultramoderne Theaterstück von diesem Matteo – Regisseur und Autor in einem und Deutsch-Freak aus der Zehnten. Kein Bedarf!

Das Einzige, wo ich gerade echt durchblicke, sind die Fenster vom Schuppen. Ein Wochenende lang haben wir alles gewienert – meine Mutter hat zwischen ihren Pressetexten auch immer wieder den Feudel mitgeschwungen – und heute Nachmittag schleife ich die alte Farbe innen von den Wänden ab und fange hoffentlich auch schon mit dem Abschleifen des Holzfußbodens an. Ich liebe diesen frischen Holzgeruch dabei. Yeah!

Schockschwerenot am nächsten Tag!

Gibt es so etwas wie *schockverliebt* wirklich? Nicht das,

was alle immer sagen: Ach, so süßes, gestreiftes Papier oder ach, was für ein leckerer Donut, was bin ich schockverliebt … Nein, so in echt schockverliebt. Und damit meine ich auch nicht Liebe auf den ersten Blick. Das stelle ich mir auch aufregend vor. Aber es ist etwas anderes als das, was ich erlebt habe, als ich heute Vormittag in der Schule Liam zum ersten Mal gesehen und von Jella erfahren habe, dass *er* der Hauptdarsteller im Jahrhundertstück der Schule ist. Und danach irgendjemand gewispert hat, es würde in dem Stück eine lange Kussszene geben! Das hat mir einen echten Schock versetzt. Noch niemals in meinem Leben habe ich etwas so unbedingt machen wollen und genauso unbedingt auf gar keinen Fall tun wollen. Schockverliebt in die Idee (oder doch gleich schockverliebt in Liam?) und gleichzeitig schockerstarrt bei der Vorstellung, mit ihm zu proben oder etwa ihn zu KÜSSEN!

Mir fallen dazu nicht einmal irgendwelche Check-Fragen ein, die hilfreich wären. Ein Vakuum in meinem Hirn macht sich breit … Punkt. Punkt. Punkt. Punkt. Punkt. Pünktchen … Punkt.

Okay, ich rase mal in die Werkstatt. Der Fußboden muss dringend zu Ende abgeschliffen werden. Habe so das Gefühl, dass der heute komplett fertig wird. Selbst wenn es Zeit und Kraft ohne Ende kostet. Eine komische Energie in mir will alles wegschleifen, was sich mir in den Weg stellt. Denken dabei vollkommen überflüssig!

CHECKLISTE 5

Während ich sechs Stunden lang alles abgeschliffen habe, was sich mir fußbodenbuckelmäßig in den Weg gestellt hat, konnte ich Liam ganz gut verdrängen. Stattdessen musste ich aber plötzlich darüber nachgrübeln, dass alle in meiner neuen Klasse schon ihre festen Freunde zu haben scheinen. Und dass ich mich da auf keinen Fall reindrängen will! Geschlossene Grüppchen einfach so ansprechen ist ja wirklich nicht gerade meine Königsdisziplin ... Deshalb frage ich mich schon: Könnte man (ich) hier vielleicht auch einfach ohne Freunde glücklich sein?

a. Wenn man genug Holz zum Bauen (und Schleifen 😊 hat?

b. Wenn man (hoffentlich bald) eine Traumwerkstatt besitzt?

c. Wenn die beste Freundin aus 700 km Entfernung manchmal eine WhatsApp-Nachricht schickt und vielleicht in neun Wochen kommt?

d. Wenn man tausend schöne Ideen für die kleine, gemütliche Kakao-Ecke in der Traumwerkstatt hat?

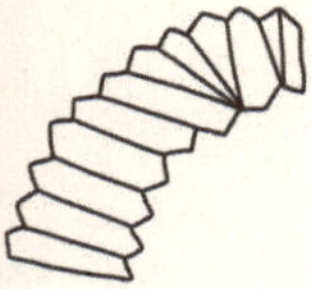
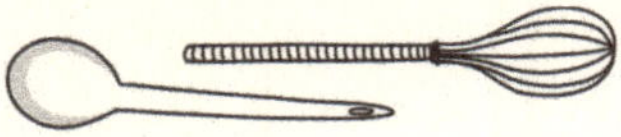

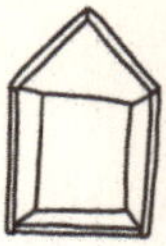

e. Wenn man außerdem tausend tolle Kakao-Rezepte besitzt, die man in der Kakao-Ecke in Ruhe ausprobieren könnte?

f. Wenn man super Material zum Upcyceln sammelt? Und sogar Ideen hat, wie man einige Ideen zum Beispiel auf einem Kreativ-Portal im Internet verkaufen könnte?

g. Wenn man schon einen coolen zweiten Sessel auf dem Flohmarkt gefunden hat und nur noch Zeit braucht, ihn »aufzumöbeln«?

h. Wenn, wenn, wenn …

Okay, ich höre auf. Je mehr ich schreibe, desto schwerer wird der Stein in meinem Magen. Komisch.

Die Antwort lautet insgesamt: NEIN! Nein, es fühlt sich nicht wirklich so an, als könnte ich hier ohne Freundin glücklich sein. Obwohl jede einzelne Frage eigentlich ein lautes Ja verdient. Meint man das, wenn man sagt: Die Summe aller Einzelteile kann etwas ganz anderes sein als das Ganze selbst? Siebenmal Ja ergibt insgesamt NEIN?! Das ist wirklich strange und einfach auch voll, voll shit.

Und wirklich richtiger Shit ist leider auch meine allerneueste Beobachtung im Schuppen.

checkliste 6

Warum kann bei mir nicht mal was einfach sein? Diesmal allerdings würden das wahrscheinlich auch diejenigen Mitglieder der Weltbevölkerung schwierig finden, die sonst immer als so superunkompliziert, tierisch robust und megabelastbar gelten. Glaub ich jedenfalls. Vielleicht würden sich sogar die jetzt fragen:

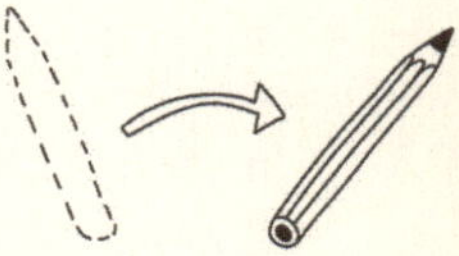

a. Wieso liegen meine Sachen im Schuppen oft woanders? Und nicht da, wo ich sie zuletzt hingelegt habe?

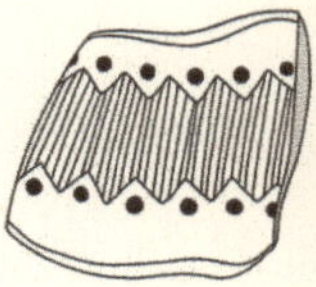

b. Wieso hängt manchmal ein anderer Duft in der Werkstattluft? (Undefinierbar, irgendetwas zwischen Moschus und Spekulatius.)

c. Wieso ist das Sesselkissen manchmal warm, wenn ich ganz spät abends noch einmal kurz in die Hütte tappe und mich in den Sessel fallen lasse?

d. Wieso höre ich manchmal leises Murmeln aus unserem Garten, kurz vorm Einschlafen?

ZWEI KATZEN!

Die Antwort für Checkliste Nr. 6 lautet tatsächlich: zwei Katzen.

Juhuuu! Unendliche Erleichterung. Jetzt sind mir auch einige Haare aufgefallen, die herumliegen. Zwei ziemlich süße Katzen benutzen meine Werkstatt als Unterschlupf. Gestern habe ich sie durch die angelehnte Tür hinausschlüpfen sehen, gerade als ich kam, eine schwarze und eine rot-weiß getigerte. Total süß. Sollen die es sich dort ruhig gemütlich machen. Hoffentlich schnurren sie bald so richtig um mich herum, wenn ich da bin und Kakao schlürfe oder an meinem Bändchenteppich häkele.

KAPITEL 4

Hilfe, sind es doch nicht nur Katzen?!

Gestern habe ich Menschen im Schuppen gehört. Ich bin mir fast sicher. Ich war nur mal kurz ins Haus gegangen, um ein Referat an Mamas Rechner zu Ende zu schreiben. Und als ich dann wieder zum Schuppen gelaufen bin, hat es mich wie der Blitz getroffen. Leise, murmelnde Stimmen aus MEINER WERKSTATT! Vor Schreck bin ich einfach umgedreht und nicht mehr aus unserem Haus gegangen, bis Mama zurück war. Dann sind wir sofort zusammen hingeschlichen. Aber da war nichts Besonderes mehr in der Werkstatt zu finden. Außer, dass mein Sessel wieder verstellt und das Kissen darin noch ganz warm war. Aber da konnten natürlich auch die Katzen drauf gelegen haben. Habe ich mir das Ganze doch nur eingebildet?

Okay, ab jetzt kommt besser ein Schloss an die Schuppentür!

Sie heißen Laila, Mila und Franzi.

Das Spukgespenst hat jetzt einen Namen beziehungsweise gleich drei und geht am Vormittag sogar in meine

Klasse. Ja, richtig: Der komische Besuch in meiner Werkstatt waren drei Mitschülerinnen von mir. Woran ich sie erkannt habe?

Tja, das würde wohl jeder erkennen, wenn dich plötzlich drei Mädchen auf dem Nachhauseweg quasi umzingeln und anblaffen. Was du in ihrem Geheimtreff willst.

Und ich so: »Tschuldigung, ich wohne jetzt da. Ist unser Garten. Welcher ›Geheimtreff‹ überhaupt?«

Wenn sie dich dann anmachen, dass der Schuppen, den du dir gerade zur Werkstatt umbaust, schon seit zwei Jahren (!) ihr Cliquentreff ist und das auch bleiben soll. Quasi aus Gewohnheitsrecht.

»Hallo?! Nicht gehört? Ich wohne jetzt da. Das wird jetzt ’ne Werkstatt.«

Dass du dir das gut überlegen sollst, ob du da wirklich eine Werkstatt draus machen willst. Auch schon wegen der Katzen. Die bräuchten ja ruhige Gemütlichkeit. Kein Sägen und Hämmern. Ein bisschen Verständnis bitte mal … Bla bla blubb …

Ohne Worte. Mir fiel einfach nichts mehr ein. Hab mich aus ihrem Kreis gedrängt und schnell nach Hause verpieselt. Fand die ganz schön frech. Vielleicht bin ich aber auch ganz froh, dass die so unverschämt gewesen sind. Da habe selbst ich mit meiner Schüchternheit nicht den Mund halten können. Deshalb sind sogar aus meinem Mund ein paar Wörter geplatzt.

Komisch. In der Klasse sind die drei mir bisher gar nicht aufgefallen. Aber vielleicht liegt das daran, dass ich mich immer so auf Jella neben mir konzentriere. Dabei will die sowieso nur was mit ihrer besten Freundin machen.

Tja, und jetzt?

CHECKLISTE 7

Ich weiß jetzt: Heute Nacht überrasche ich die drei Gespenster!

1. Sie verblüffen? Richtig!
2. Sie mit Fakten überzeugen? Wichtig!

Uuuuund: Check!! ✓

Jetzt hocke ich hier also im Gebüsch am Ende unseres Gartens mit bestem Blick auf den Eingang meiner Hütte. Ist ein bisschen eng hier, aber das ist es wert. Lauere auf das Nachtgespenst alias Laila, Mila und Franzi. Diese Holzkopf-Tanten sind in den letzten Tagen immer noch mal kurz gegen zehn Uhr abends in unseren Garten geschlüpft und haben draußen, an die Schuppenwand gelehnt, weiterhin ihre »Treffen« abgehalten. Das war bestimmt nicht so gemütlich wie früher *im* Schuppen. Aber den habe ich jetzt natürlich immer abgeschlossen. Der Vorbesitzer hatte den Mädels das erlaubt, weil er eh nichts mit »dem alten Ding« ganz hinten in seinem verwilderten Garten anfangen konnte, haben sie gesagt. Dass sie hier jetzt immer wieder herumlungern, machen sie garantiert nur, weil sie bockig sind und mir zeigen wollen, dass sie so leicht nicht zu vertreiben sind. Auf ihre Gang »DSK – Die Streunenden Katzen« sind sie ziemlich stolz, das habe mittlerweile sogar ich schon mitbekommen. Ob die beiden echten streunenden Katzen ihre Maskottchen sind?

In den Pausen habe ich Mila, Franzi und Laila jetzt immer hinter den Bänken auf dem Schulhof zusammen gackern gesehen ... Und wenn ich vorbeikomme, kichern sie neuerdings leider »zufällig« besonders laut. Ist schon ein komisches Gefühl. Ich will eigentlich gar nicht im Streit mit ihnen sein. Wie bin ich da nur hineingeraten?! Mein »Verbrechen« ist ja bloß, dass meine Mutter dieses kleine Haus samt verwildertem Garten und Schrottschuppen gekauft hat. Schönes Verbrechen!

Und deshalb lauere ich jetzt hier und hoffe, dass die drei heute auch kommen. Ich will sehen, wie sie reagieren, wenn sie meine »Antwort« auf ihren regelrechten Hausfriedensbruch sehen.

Meine Mutter wollte noch nichts unternehmen. »Sind doch Mitschülerinnen von dir. Kannst du nicht erst mal in Ruhe mit denen reden?«, hat sie gemeint. »So wirklichen Kontakt hast du ja auch noch nicht in der Klasse ...«

In *Ruhe* mit ziemlich *Unbekannten* reden, die zu *mehreren* sind und dann noch *unfreundlich* – als ob ich das jemals besonders gut gekonnt hätte. Jetzt kriegen sie die Antwort auf meine Art. Wir werden sehen.

Langsam wird's kalt. Ein Uhrencheck sagt schon 22.15 Uhr.

Kommen die heute etwa nicht? Ich kauere mich noch enger zusammen und kann wieder nichts dagegen tun, dass meine Gedanken sogar in dieser komischen Buchenhecke weit wegdriften. Hin zu Liam. Zurzeit denke ich fast ununterbrochen an Liam. Den Hauptdarsteller des Jahrhundertstücks aus der Zehnten. Der wirkt so souverän. Lässig und entspannt. All das, was ich nicht bin. Das halblange Haar mit den hellen Wellen ist immer genau so cool verwuschelt, dass es aussieht, als hätte er gerade grandios gechillt, wäre dann entspannt zehn Kilometer gejoggt und könnte jetzt mal in Ruhe abhängen und seine Liebste küssen. Hat er überhaupt eine? Ich weiß, dass mein Herz bei dem Gedanken nicht so heftig schlagen sollte. Aber was soll ich dagegen machen …

Soll ich mich wirklich trauen, ein paar Wochen lang mit ihm zu proben? Stundenlang zusammen auf den Brettern unserer Schulbühne stehen? … Puh …

Oh, da sind sie. 22.20 Uhr … Mein Manöver startet …

CHECKLISTE 8

Überraschung!

Die fanden meine Aktion cool.

Also, ich mag ja vieles sein, aber cool? So hat mich jedenfalls noch nie jemand gefunden. Abgesehen von damals, als ich Darry Kleinschmidt fünf Lollis ins Haar geklebt hatte, weil der mir dauernd mein Enten-Laufrad weggenommen hat. Aber damals war ich drei Jahre alt.

Fragen über Fragen:

1. Was ist daran *cool*, den Schuppen mit viel Pappe zu verhüllen und so ein Tatort-Band (aus dem Baumarkt) drumzuwickeln?

2. Und auf die Pappe ganz groß zu schreiben: »Wegen Umbauten geschlossen. In vier Wochen Eröffnung der weltbesten Kakao-Ecke. Geben Sie uns Zeit für Verschönerungen, und Sie gewinnen einen Gratis-Kakao in der Geschmacksrichtung Ihrer Wahl …«

3. Fakt ist: Mir war einfach nichts Besseres eingefallen. Habe versucht, Baustellenatmosphäre zu erzeugen – *Betreten verboten* quasi. Mit positivem Ausblick allerdings. Wollte Zeit gewinnen.

Die drei meinten: Die Schrift wäre cool. Sooo cooles Handlettering[4] könnten sie auch gerne. Und überhaupt die witzigen Symbole[5] für Kakao trinken,

[4] und [5] Anleitung hinten in meinem Ideenbuch

Kakaotassen, Muffins, Cupcakes usw. Ich hätte echt was drauf.

Puh, Glück gehabt.

Glaube ich.

Oh nein, jetzt wollen sie HELFEN!

Na super.

Eine Sache, die ich am Schuppen jetzt schon liebe, ist, dass ich da in aller Seelenruhe ALLEINE vor mich hin werkeln kann. Keiner quatscht mir rein. Keiner will, dass ich »etwas extrovertierter« bin (Originalton Mum) und anderen »mal mehr von mir erzähle«. Und keiner funkt mir dazwischen, wenn ich die Farbe für außen aussuche (das mache ich nämlich gerade: Himmelblau oder doch eher so ein warmes Schwedenrot? Oder Dunkelblau mit Sternen drauf? Nein, zu kindisch ...).

Aber nicht ablenken jetzt, sondern schnell hilfreiche Fragen ausdenken, um die Sache zu klären:

CHECKLISTE 9

Brauche ich Hilfe?

a. Können Mila, Laila und Franzi mir helfen?

b. Dürfen sie mir helfen?

c. Liebe ich Hilfe von Fremden?

Antwort: NEIN, NEIN, NEIN und nochmals NEIN!

Aber ich weiß, Lavinia würde noch fragen:

a. Fehl ich dir?

b. Hättest du gerne Freunde in der Klasse?

c. Kannst du coole, neue Ideen gebrauchen?

d. Ist dir die Renovierung manchmal zu viel?

e. Hast du Angst, es nicht bis zu unserem Treffen am 5. Dezember zu schaffen?

Kalt ERWISCHT! Wie immer, Lavinia – die Einzige, die mich wirklich kennt! Lavinia bekommt nämlich auch immer mehr mit, als ihr / mir lieb ist.

Okay, die drei Mädels dürfen mal einen Nachmittag kommen. Aber nur ein Mal, das reicht! Da können sie das Holzöl auf dem frisch abgezogenen Fußboden verteilen. Das riecht, ist ölig, dauert ewig und hinterher ist man schön verschmiert. Werden ja sehen, ob sie dann wiederkommen und unbedingt *helfen* wollen. Und wehe, ich muss hinterher wieder stundenlang überlegen, ob ich was Merkwürdiges gesagt habe oder warum die Atmosphäre so komisch gewesen ist!

KAPITEL 5

Kann mir mal jemand sagen, warum das ganz einfach war? Obwohl sie gestern alle da waren. Fünf Stunden lang!

Okay, Franzi hat die ganze Zeit nur irgendwelche Social-Media-Kanäle am Handy gecheckt und Sachen, die sie witzig oder interessant fand, laut rausgeprustet. Aber dadurch hatten die anderen wenigstens kaum Zeit, mich auszufragen, und über manchen Quatsch haben wir uns echt scheckig gelacht. Mila lag die meiste Zeit auf dem Rasen und hat »Rosewood« und »Spoby« gestreichelt (so haben sie die beiden streunenden Katzen schon vor Jahren getauft, weil sie lange Zeit Fans der Serie *Pretty Little Liars* waren).

Nur Laila hat mit mir zusammen den Boden geölt, was allerdings ziemlich gut ging. Sie hat handwerklich wirklich was drauf und kann einen zwischendurch immer so nett angrinsen, dass man denkt, man kennt sich schon ewig und was man hier macht, ist voll toll. Für mich war es das auch. Der Boden sieht jetzt nämlich so herrlich frischholzig und golden schimmernd aus wie in dem schönsten schwedischen Landhaus der Welt – na ja, vielleicht nur ein bisschen kleiner ☺. Und den Holzölgeruch liebe ich auch!

Na, das war ja eine komische Begegnung heute ... Ich glaube, mein Schwein pfeift! Muss ich mir gefallen lassen, dass man mich *Schneewittchen* nennt?!

Ja, Liam persönlich war das. Dieser coole Typ und Schauspieler. Der, den ich vertretungsweise in irgendeiner dieser Theaterszenen vielleicht KÜSSEN soll.

»Wer ist denn das Schneewittchen da?!«, hat er laut gefragt, als ich vorsichtig mal zur Probe gekommen bin, um zu gucken, ob ich nicht doch vielleicht ein paar Proben lang einspringen könnte. Ja, Laila hat mich überredet. Sie ist es ja auch, die ich vertreten müsste, weil sie tatsächlich die weibliche Hauptrolle in dem Stück spielt. Morgen schon hat Laila diese doofe Zahn-OP und sie meinte, sie fände es toll, wenn ich es machen würde. Außerdem muss ich gestehen, dass dieser Liam mir nicht aus dem Kopf will. Noch weiß ich nicht, ob ich ihn als Jungen so toll finde (so zum Küssen eben – falls ich irgendwann mal küssen könnte) oder ob ich ihn einfach nur so verdammt lässig finde, wie ich selbst gerne wäre. Oder vielleicht beides? Auf alle Fälle setzt mein Herz sich immer dreifach in Bewegung, wenn ich ihn nur sehe.

Trotzdem kurz mal zu meiner eigenen Klärung:

checkliste 10

Darf man mich Schneewittchen nennen?

a) Natürlich nicht!

b) Oder jedenfalls: Nur unter bestimmten Umständen!

c) Die Umstände wären, ähem …:

Man findet dunkles, welliges Haar zu blasser Haut (die auch im Sommer kaum braun wird) und einigermaßen roten Lippen – so was Schneewittchenmäßiges eben – wirklich toll.

Na gut, Fall c) wäre schon ziemlich gut.

Dann würde ich sagen: Call me Schneewittchen – again and again …

Haha! Ich bin so eine Träumerin. Ich suche mir immer Jungs aus, die sich niemals für mich interessieren würden. So wie Finn aus der alten Schule. Wahrscheinlich ist das auch so eine »Luv-extra-genial-Taktik«. So kann ich nichts verhunzen.

Auweia! Laila tut mir voll leid! Ihr Gesicht sieht nicht aus wie nach einer Zahn-OP, sondern eher so, als hätte man versucht, ihr alle Zähne gleichzeitig zu ziehen. Alles ist geschwollen und grün und blau, und wenn ich nicht wüsste, dass sie eins der niedlichsten Mädchen ist, das ich kenne, würde ich sie für eine nahe Verwandte von Gollum aus *Der Herr der Ringe* halten. Nur noch ihre großen braunen Augen zeugen davon, dass sie es ist. Sprechen kann sie noch gar nicht wieder und in die Schule erst mal auch nicht.

Ich war deshalb ganz schön überrascht, als sie heute Nachmittag in meiner Schuppentür stand. Mit zwei dicken Eisbeuteln an den Wangen. Irgendwie habe ich aus ihrem Gefuchtel verstanden, dass sie sich auf meinen gemütlichen Sessel setzen wollte. Na ja, und da ich seit gestern auch die kleine Kochplatte habe, habe ich uns einen Kakao gekocht. Premiere im Schuppen!

Lailas Augen haben richtig geglänzt, als ich ihr die warme Tasse in die Hand gedrückt habe. Und als ich jedem von uns dann noch ein Stück Chili-Schokolade zur Verfeinerung hineingeschmissen habe, da hat Laila sich tiefer in den Sessel gedrückt, genussvoll umgerührt und aus Versehen gegrinst. Das hat sie aber schnell wieder gelassen – es scheint noch ganz schön wehzutun, wenn sie ihr Gesicht bewegt. Sie hat auch immer nur voll kleine Schlucke nehmen können, sodass ihr Kakao ewig gehalten hat. Ich glaube, das war ihr aber auch ganz lieb so, denn sie hat so ausgesehen, als wollte sie sich aus dem Sessel nicht so schnell wieder wegbewegen.

Am liebsten hätte ich mich auf den zweiten Sessel neben sie gesetzt. Aber bei dem guckten die Sprungfedern noch raus. Hab mich also entschlossen, sofort anzufangen, die

Sprungfedern durch neue zu ersetzen und eine frische Lage Schaumstoff draufzuziehen. Da konnten die Perlen, die ich seit gestern auf einen dünnen Silberdraht für die Lampe aufziehe, auch erst einmal warten.

Cool war, dass Laila sich gleich meine alten Shirts geschnappt und daraus weiter Streifen geschnitten hat für den Flickenteppich, der in die Kakao-Ecke vor die Sessel soll. Davon hatte ich ihr beim Fußbodenölen erzählt.

Mit Händen und Füßen konnten wir uns auf Lieder aus unseren Playlists einigen, die wir dann in Endlosschleife gehört haben.

Als Laila abends nach Hause gegangen ist, war sie zwar immer noch blau und grün gescheckt, aber ihre Augen hatten wieder den typischen Laila-Glanz.

Das glaube ich jetzt nicht. Das, was Laila mir vorhin noch auf ein Stück Papier geschrieben und in eine Ecke des Sessels geschoben hat. »Ich habe Angst wegen meinem Papa.«

Deshalb hat sie mich zwischendurch vielleicht manchmal so merkwürdig angeguckt, dass mir ganz kühl wurde. Aber ehe ich was fragen konnte, hat sie immer das Gesicht weggedreht. Gerade eben erst habe ich den Zettel auf dem Sessel gefunden. Wahrscheinlich wollte sie vorhin nicht mit mir drüber sprechen – wie auch? Sprechen ist ja noch unmöglich bei der Schwellung.

Ich versuche jetzt mal lieber nicht durchzuchecken, was das alles bedeuten könnte. Ich will mich gar nicht in zu gruseligen Vorstellungen verlieren. »Erst mal ruhig Blut«, wie

Lavinia immer sagt. »Auch wenn's ein wenig blutig ist – haha!« Typischer Lavinia-Joke.

Beim Gedanken an sie wird mir so warm und wohlig wie beim Kakao vorhin – trotz ihrer schrägen Jokes manchmal – oder vielleicht sogar wegen … Missing you, Lavi-Lu!

Jetzt hat es sich geklärt: Laila hat keine Angst *vor* ihrem Vater, sondern *um* ihren Vater. Erst dachte ich: Ach so, das ist doch nicht so schlimm. Wenigstens niemand, der sie zu Hause verprügelt oder so. Aber dann hat sie mir gesagt, dass ihr Vater so ein heftiges Abenteuer-Gen hat (stark geschönt formuliert) und dass der keine Woche daheim sein kann, ohne sich einen neuen Horrortrip auszudenken. Also, für die Familie ist das jedenfalls ein Horrortrip. Ihr Vater denkt, das wäre richtig spannend und cool, wenn er sich zum Testen seiner »herausragenden« Idee für ein neues Abenteuerurlaubsangebot Marke »Am Limit« angeseilt an den Kufen eines Hubschraubers durch einen 200 Meter tiefen Canyon in den USA ziehen lässt – und das von einem Kumpel, der gerade erst den Flugschein gemacht hat!

Oder er behauptet wohl, Vogelspinnen würden seine Haut nicht mögen, da könnte er sich ein Dutzend auf den nackten Rücken setzen lassen. Ihm würde nichts passieren, denn er wäre gegen ihr Gift sehr wahrscheinlich immun.

Wer bitte will so einen Vater? Dem hat man wahrscheinlich als Baby aus Versehen Energydrink in die Milch gemixt. Total ätzend! Da lob ich mir ja meinen etwas konservativen Flugkapitänsvater. Obwohl sein Spruch »Nicht ohne mein eingespieltes Wolken-Lieblingsteam!« im Nachhinein doch einen sehr bitteren Nachgeschmack bekommen hat, wenn man bedenkt, dass er jetzt mit der Silvy aus diesem sogenannten »Dreamteam« zusammenlebt.

Ach, was weiß ich. Väter scheinen ja auch wirklich keine einfache Spezies zu sein!

Sie wollen mich immer noch! Oh Mann, sie wollen mich wirklich immer noch! »Schneewittchen« ist vertretungsweise eingestellt. Obwohl ich bei meiner ersten Probe ganz schön rumgestottert habe.

Liam hat dann immer mit der Augenbraue gezuckt ...

checkliste 11

Ob das nun hieß:

a) Sprachproblem?

oder

b) Schon mal mit Logopädie probiert?

oder

c) Macht nichts, lass dir Zeit!

Keine Ahnung. Das lässt sich wohl auch gerade nicht mit einer meiner berühmten Checklisten klären ...

Macht aber auch nicht *so* viel, denn in jedem Fall will ich Laila den Gefallen tun und es weiter versuchen. Und der Regisseur Matteo scheint auch ganz nett zu sein. Er war es, der mich nach der letzten Probe mit Laila gebeten hatte, wiederzukommen und die Vertretung zu versuchen. Sehr sachlich, okay, aber einigermaßen freundlich. Etwas wortkarg mir gegenüber ist er jetzt bei der ersten Probe allerdings schon gewesen – sollte er mir nicht eigentlich ganz viele Regieanweisungen geben und mir helfen, reinzukommen? Aber, na ja, ich bin natürlich nur ein kleines Licht hier – Vertretung für ein paar Proben halt – Ende absehbar. Matteo kann ja auch nicht ahnen, dass ich dafür jedes Mal so viel Mut aufbringen muss, wie andere bei mehreren Führerscheinprüfungen in Folge. Aber ich mach's. Ich habe es Laila versprochen. Seufz.

KAPITEL 6

Ich mach's nicht mehr!

Ich bin doch nicht bekloppt.

»Das Schneewittchen spricht zu leise. Wann kommt noch mal das andere zurück?«

Ja, tickt es bei dem nicht ganz richtig?! Hält Liam das Ganze für einen Schneewittchen-Basar, oder was?! Und wieso nennt er Laila auch so? Kann der sich weder ein- noch zweisilbige Namen merken? Oder kann er Mädchengesichter prinzipiell nicht voneinander unterscheiden?! Ja, sicher, Laila und ich, wir haben beide halblange, gewellte dunkle Haare. Aber das ist es auch schon an Ähnlichkeit. Lailas Gesicht ist eher rund, meines oval. Laila hat haselnussbraune Augen, ich blitzeblaue. Und überhaupt bin ich etwas größer als sie. Liam hat sie ja wohl nicht mehr alle.

Gut, dass der Regisseur wenigstens da mal den Mund aufgemacht hat. Wenn sein »Jetzt lass sie, sie ist ja noch neu!« sich auch nicht gerade wie die absolute Werbung für mich angehört hat.

Ich bin jedenfalls gleich nach der zweiten Probe, bei der ich Laila vertreten habe, ziemlich geladen in meine Werkstatt gestürmt und habe den Sessel neu bezogen – und weil ich etwas hektischer gewerkelt habe als sonst, sind ein paar mehr Falten entstanden, als ich wollte. Sieht aber trotzdem richtig gut aus. Pünktlich zur Abenddämmerung ist er fertig geworden, und ich habe mich mit einem guten Vanille-Kakao in sein jeansblaues Shabby-Chic-Muster gedrückt. Kakao schlürfen, Spoby dabei im anderen Sessel schnurren hören und in den Sternenhimmel gucken – am liebsten will ich hier gar nicht mehr rausgehen.

Hier kann man sich jedenfalls nicht blamieren.

Ja, stimmt, Lavi-Lu fehlt.

Fast noch besser als meine Checklisten ist nämlich ein Gespräch mit ihr. Sie kann mich immer so gut auf den Teppich zurückholen, wenn ich mal wieder denke, ich tauge da draußen nichts. Bin viel zu schüchtern für den Rest der Welt. Tappe von einem Fettnäpfchen ins nächste. Bin irgendwie immer nur die Kopie von jemand wirklich Gutem. Tue nur so, als könnte ich was, aber jeden Moment werde ich enttarnt werden. Oh Mann, das Gefühl habe ich so oft, und das ist etwas beunruhigend. So als wäre ich kein Original. Das Original sind immer die anderen. (In diesem Fall wohl Laila.)

Na ja, so krautige Gedanken jedenfalls. Und dann hat Lavi-Lu immer gesagt: »Okay, eindeutig Gedanken-Sturm-Stufe Rot. Notbremse ziehen. Suchen Sie den nächstbesten Sessel auf, gehen Sie dabei an einer Herdplatte vorbei und vermeiden Sie es nicht, sich einen guten Kakao zu kochen. Gucken Sie dabei weder nach rechts noch nach links. Im Sessel angelangt, führen Sie sich nach jedem Schluck köstlichen Kakao eine Ihrer *besonderen Stärken* vor Augen. Wiederholen Sie das drei Mal. Genießen Sie nun den Kakao mit dieser liebenswerten Persönlichkeit mit den eben memorierten Stärken. Mit sich selbst.«

Hört sich vielleicht ein bisschen durchgeknallt an, hat aber manchmal schon echt gut bei mir funktioniert. Lavinias Mutter ist Yoga-Lehrerin, da hat Lavinia auch einen Schlag von abbekommen. Ich fand das aber immer ganz gut an ihr.

Doch heute klappt das irgendwie nicht richtig. Habe das eben schon mit meinem Kakao versucht. Vor meinem geistigen Auge tauchen einfach keine Stärken auf, sondern immer wieder Liams Gesicht, der mich fragend ansieht, wenn ich mich im Text verhaspele. Mann, was denkt der jetzt von mir? »Das echte Schneewittchen konnte wenigstens sprechen«, oder so was Ähnliches wahrscheinlich. Wirklich toll. Oder tue ich ihm vielleicht total Unrecht und seine Schneewittchen-Masche bedeutet eigentlich nur, dass er mich auch ganz spannend findet, es aber nicht zugeben will? Bei dem Gedanken wird mir ganz schwindelig. Könnte das wirklich sein?!

Mir reicht's. Wenn Lavinia jetzt nicht mal mehr Zeit für ein Telefonat hat (»Drei Arbeiten diese Woche, schaffe echt nur ein paar kurze WhatsApps, tut mir leid, Luvi!«), dann habe ich wenigstens Zeit, die Lampe in der Werkstatt fertig zu machen.

Und ich kann mal die Paletten abschleifen und ölen, die

Mama mir aus dem Supermarkt neben ihrem Büro mitgebracht hat. Die hatten da welche, bei denen die einzelnen Holzbretter schön dicht beieinander liegen. Wenn ich alle acht Paletten nebeneinanderlege und zusammenschraube, dann wird das eine coole Holzterrasse. Eine Terrasse im Herbst ist zwar vielleicht nicht ganz so wichtig wie im Sommer, aber immerhin: Einen heißen Kakao schlürfen, in Decken gewickelt, sogar an einem sonnigen Wintertag, kann vielleicht noch mal drin sein – vielleicht zufällig, wenn Lavinia am 5. Dezember kommt? Das wäre obercool! Für den Fall will ich unbedingt gerüstet sein 😊!

Doch als Erstes fange ich mal an, meine alten Kinder-Glasperlenketten zu zerschneiden. Gut, dass ich die noch aufbewahrt habe – ich musste sie richtig vor Papa retten. Der ist bei uns immer der große Ausmister gewesen und hat alles weggeschmissen, was ihm in den Weg gekommen ist. Na ja, jetzt hat er sich selbst ausgemistet ... nein, das ist zu gemein, so stimmt es auch nicht ganz. Manchmal vermisse ich sein tiefes Lachen schon, wenn er eine Idee von mir witzig fand. Trotzdem reicht es mir, ihn erst Weihnachten wiederzusehen. An den Wochenenden ist er eh immer im Flugeinsatz, und weil er in München geblieben ist, passt da auch nichts in der Woche mal schnell.

Nun ziehe ich die Perlen auf den dünnen Silberdraht, den ich mir im Bastelladen besorgt habe. Zwischen den einzelnen Perlen mache ich immer einen Knoten, dann kann ich etwas Abstand zwischen ihnen lassen. Ich möchte unbedingt einige Meter Silberdraht befädeln, damit ich so ein richtig voluminöses Draht-Perlen-Gebilde um die Fassung der LED-Birne schlingen kann.

Während ich fädele und knote, plane ich im Kopf schon die Zusammenstellung für den nächsten Silberdraht. Und dann habe ich bald hoffentlich eine coole, bunte Lampe an der Decke über dem Sesselpärchen in meiner Kakao-Ecke, die so ein bisschen wie eine Mischung aus einer Palastlampe und einem Kunstobjekt aussieht. Und bunt und gemütlich soll sie sein.

Echt jetzt?

Ich meine, kann man diese kleine, zugegeben sehr gemütliche Sesselecke ernsthaft als »Kakao-Café« bezeichnen?

Sie meinten, da würde nur noch der Flickenteppich fehlen und ein schönes Schild an der Tür: »Kakao-Café in bester Bastel-Lage« oder so ähnlich. Eigentlich hatte ich es ja etwas anders gedacht. Mehr so als Bastelwerkstatt mit kleiner Kakao-Ecke. Aber Mila, Laila und Franzi haben bei ihrer Idee dermaßen gestrahlt, da wollte ich erst einmal nichts sagen. Vielleicht ist es ja auch egal, wie man es nennt. Hauptsache, es ist gut. Und der Nachmittag war es jedenfalls.

Nachdem die drei Bandenmitglieder nur noch den Teppich als fehlend diagnostiziert hatten, haben sie sofort alle angefangen, weitere Stoffstreifen herzustellen. Na ja, Franzi hat nur mehr oder wenige nützliche Tipps aus dem Internet dazu vorgelesen. »Schneiden Sie die Streifen nicht zu eng, sonst reißt Ihnen die Stelle bei starker Beanspruchung« oder: »Knoten Sie die Enden ruhig zusammen, das gibt den richtig roughen Charme«. Das hatte ich zwar auch schon vorher gewusst, aber sie hat so gerne an ihrem *neuen* Handy hantiert, da wollte ich sie nicht unterbrechen.

Einen kurzen Moment lang – als wir alle gleichzeitig an unserem heißen Chili-Kakao nippten und dazu den Song, auf den wir uns irgendwann hatten einigen können, von meinem Handy in Endlosschleife hörten – war plötzlich alles so schön und in Ordnung, wie es sonst nur mit Lavinia für mich gewesen war.

Bis ein Schrei plötzlich die ganze schöne Stimmung kaputtmachte.

Aber das war wieder nur Franzi gewesen, die natürlich neben dem Kakaotrinken noch auf ihr Handy geschielt hatte. »Ey, cool, das wäre doch was für uns, Leute! Der erste richtige Auftrag der … ähem … Kakao-Katzen, würde ich sagen!« Sie strahlte uns an, als wäre alles klar.

Wir anderen müssen allerdings ziemlich dumm aus der Wäsche geguckt haben. Wenigstens sagten wir gleichzeitig, wie in einem gut einstudierten Teeniefilm: »Äh – Kakao-Katzen?!«

Doch Franzi schien völlig high von der Idee – welcher auch immer –, und wäre meine Hütte nicht zu eng gewesen, hätte sie wahrscheinlich so eine Art Stepptanz hingelegt.

»Ja, genau, Leute, ich schlage vor, dass wir uns umbenennen – jetzt, wo Luv mit zu uns gehört …«

»Ähem, *ich* …?«, wollte ich einwenden, denn niemals in meinem Leben war mir in den Sinn gekommen, Mitglied einer Bande zu werden, auch keiner Mädchenbande! Ich und viele? No way! Dafür hielt ich mich auch gar nicht für cool genug ...

»Genau, gute Idee!«, sprudelte Laila da allerdings schon los. »Wir sind keine ›Streunenden Katzen‹ mehr, sondern sesshaft geworden in diesem Kakao-Café ... also sind wir jetzt die ... ähem ... Kakao-Katzen und«, damit drehte sie sich kurz zu mir um und grinste mich an, »eine vierköpfige Bande geworden.« Als mein Gesicht knallheiß wurde, fügte sie noch wie beiläufig hinzu: »Eine gerade Anzahl ist für eine Bande eh günstiger. Da kann man sich besser für Spezial-Missionen aufteilen ...«

Mila und Franzi nickten nur dazu, so als wäre das sowieso schon beschlossen und total logisch und sinnvoll.

Mir schlotterten leicht die Knie, was ich selbst übertrieben fand. Man hatte mich schließlich nur in eine Bande eingeladen. Warum sollte das nicht auch einmal mir passieren? Obwohl ich die Frage ›Warum sollte das *ausgerechnet* mir passieren?‹ eigentlich immer noch viel passender fand. Aber egal. Um meine Aufregung zu verbergen, habe ich einfach schnell genickt, so als fände ich das auch logisch. Oh Mann, wenn das Lavinia wüsste. Das *mir*!

Doch dann fiel mir noch etwas auf. »Äh, Leute, ich will es ja nicht kompliziert machen, aber um was für einen Auftrag ging es eigentlich eben?«

»Ja, genau!?«, riefen Mila und Laila schon wieder erstaunlich gleichzeitig. Die beiden scheinen echt schon so lange zusammenzuhocken – hier in Kleinhüttenhausen –, dass sie darüber schon synchron denken.

»Na, die suchen Leute, die ›gut mit Pappe und Papier sowie Pinsel, Stift und alten Möbeln umgehen können und die das Bühnenbild für das Jahrhundertstück herstellen können‹«, erklärte Franzi. »Habe ich gerade auf unserer Schulseite gefunden. Hört sich total dringend an und irgendwie auch schon so ein bisschen verzweifelt ...«

»Hat das nicht Herr Junge ganz am Anfang gesagt, als er dich vorgestellt hat?«, rief Laila aufgeregt und sah mich an.

»Was?«, fragte ich – nun doch langsam immer entsetzter.

Laila verstellte ihre Stimme und meinte à la Herr Junge: »›Das ist Luv. Kann Bühnenbild ... und ...‹ – hm, den Rest weiß ich nicht mehr. Aber ich weiß noch, dass ich das cool gefunden habe.« Sie sah mich nachdenklich an.

Ich starrte sie mit offenem Mund an. Ich und cool, das war ja wohl so eine Kombination wie eckige Eier oder kühle Lava oder unkomplizierte Eltern ...

»Ach ja!«, rief Mila, »Das hat er wirklich gesagt. Stimmt das denn, Luv?«

Tja, was sollte ich sagen? Ich habe an meiner alten Schule wirklich schon zweimal Bühnenbilder gestaltet. Allerdings immer mit Lavinia zusammen, und die hat das ganze Gerede und das Ideensammeln mit dem »Regisseur« aus der Oberstufe (Ja, echt, das war Finn! Da hätte ich eh keinen Ton rausgebracht!) und die Kontakte und so übernommen, und ich war nur für das »Handwerkliche« zuständig. Ich habe damals die Requisiten, die ich aus alten Möbeln gebaut habe, nicht einmal selbst in die Schule gebracht. Das haben Lavinia und ihr großer Bruder mit seinem alten Transporter gemacht.

Bisher war meine Devise ja immer: So wenig gesehen werden wie möglich. Und mir bloß keine Chancen kaputt machen durch einen persönlichen Auftritt. Na ja, klingt nicht logisch, ich weiß. Tatsache ist natürlich, dass man dann nicht einmal eine Chance hat, die man kaputt machen kann. Aber das schien mir bisher immer besser.

Und nun kommen diese Kakao-Katzen mit all ihrem »Mut«. Und ich soll dazugehören.

Und dabei ist schon klar, sagt Laila, dass man diesmal bestimmt auch *auf der Bühne direkt* arbeiten muss, weil einige Möbel und Requisiten so groß sind, dass man die nicht mal eben wegtransportieren kann. Und einen großen Bruder mit Transporter gibt es hier wohl auch nirgendwo.

Oh, oh, oh!

CHECKLISTE 12

Trau ich mich das also? .... Nein!

Habe ich Lust darauf? .... Jein ...

Will ich, dass die Kakao-Katzen sich freuen und wir gleich zusammen eine spannende Mission haben – auch ein bisschen dank mir? .... Ja!!

Ergebnis ist also ein klares Unentschieden. ☹

Checklisten sind doch Mist, ey.

Allerdings, Lavinia würde sagen: »Halt, guck doch mal genauer hin! Da ist *ein* Ausrufezeichen mehr. Damit gibt es eine klare Tendenz zu: Ja, ich mach das.«

Manchmal macht Lavinia es sich auch echt etwas leicht. Oder?

Okay, vielleicht hätte sie recht ...

Na gut, ich versuche das also. Schluck.

KAPITEL 7

Darf man eigentlich Pläne von Eltern verhindern? Oder, genauer gesagt, *sabotieren*? Wenn es einen eigentlich nicht einmal selbst betrifft?

Ich würde Laila ja gerne helfen.

Sie möchte, dass ich übermorgen am Bahnhof hier um die Ecke einen Zusammenstoß mit ihrem Vater provoziere, dabei hinfalle, damit er sich um mich kümmern muss, sodass er seine Bahn verpasst … und damit hoffentlich auch seinen neuesten Horrortrip, der ihn an irgendeinen Marianengraben führen soll, wo er mit ein paar anderen Verrückten versucht, tiefer zu tauchen, als das bisher je ein Mensch überlebt hat. Oh Mann, ich kann Laila total verstehen. Wer will seinen Vater schon gerne in einem Marianengraben verlieren …?!

Laila meint, dass ihr Vater nach dem kleinen »Unfall« mit mir durch sein ausgeprägtes Helfersyndrom vor lauter Sorge um mich bestimmt seine Bahn verpasst (er kommt wohl eh überall immer erst auf den letzten Drücker an.). Und weil er auch ein Langschläfer ist, wäre die Bahn sowieso die letzte Möglichkeit, ihn pünktlich zum Flieger zu bringen. Mann, der scheint ja in jeder Beziehung den Nervenkitzel zu lieben.

Komme ich wohl pünktlich?

Schaffe ich es wohl noch?

Überlebe ich das wohl???

Also, ich muss das für mich schnell mal klären mit:

CHECKLISTE 13

1. Ist Unfall vortäuschen aus meiner Sicht in Ordnung? ... Nein!
2. Darf man die Pläne anderer sabotieren? ... Nein!
3. Werde ich dabei sympathisch und geschickt wirken? ... Nein!
4. Ist es gut fürs Karma? ... Nein! ... Äh, oder doch Ja?
5. Will ich Laila helfen? ... Jaaaa!
6. Soll Lailas Vater noch länger leben? ... Jaaa!
7. Hätte ich ein schlechtes Gewissen, wenn ich ablehne und er dann wirklich für immer im Marianengraben verenden würde? ... Jaaaaaaa!

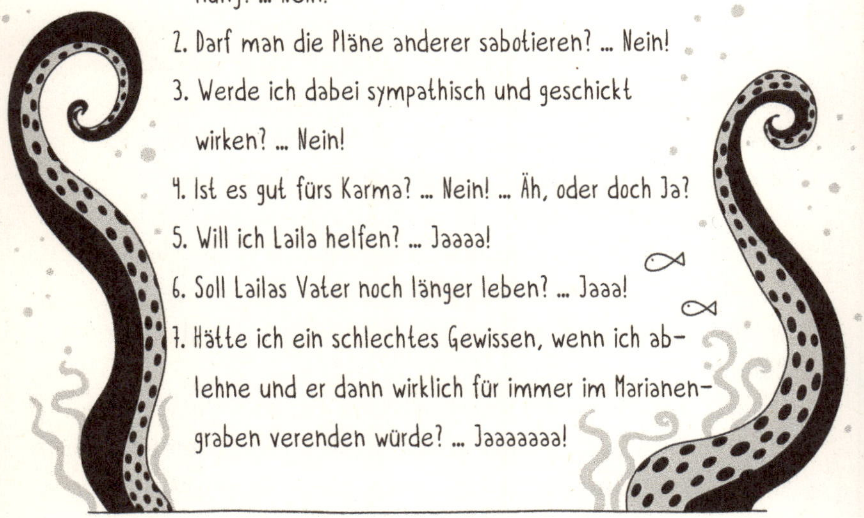

Okay, von Lavinia habe ich gelernt, dass man nicht immer nur auf Zahlen achten darf, sondern auch auf andere Details.

Drei klare *Nein* stehen zwar drei *Ja* gegenüber. Allerdings haben die *Ja* eine unübersehbare, extrem starke Tendenz, sich auszudehnen.

Alles klar, ich mach's ja!

Schluck ... Kann ich echt keinem empfehlen!

Sich im letzten Moment mit einem Koffer voller Bücher vor einen mittelalten Mann werfen, der vor lauter Schreck auf einen drauffällt und dabei noch den eigenen Koffer – mit kompletter Tauchausrüstung wahrscheinlich – auf einen drauffallen lässt. Kann man auch keinem erklären, wie das eigentlich passieren konnte. Glücklicherweise wollte Herr Zassemann das gar nicht wissen. Ihm hat es gereicht, dass mein Fuß im ersten Moment so verdreht ausgesehen hat und ich auch echt Schmerzen hatte und leise gewimmert habe. Und während er also meinen Schuh ausgezogen hat, um sich das einmal anzusehen, da, tja, da ist leider seine Bahn davongefahren. Bingo, würde ich sagen.

Glücklicherweise stellte sich der Schmerz an meinem Fuß nur als Druckstelle heraus (jetzt schon ein megablauer Fleck, aber was soll's), und nachdem wir den Fuß unter seinem Koffer und meinem Bücherkoffer (hatte dafür mein halbes Bücherregal geplündert) hervorgezogen hatten, ließ er sich auch wieder in die richtige Position drehen – sogar ganz ohne Brüche ☺.

Hihi, habe mich weniger dafür geschämt, als ich vermutet hatte. Konnte auch verstehen, dass Laila ihren Vater lieber behalten will, der war nämlich, dafür, dass ich ihm gerade seinen Reiseplan vollständig vermasselt hatte, noch echt nett gewesen. Und hat nachher sogar noch gesagt: »Na ja, besser Zug verpassen, als Unfallflucht begehen oder die Knochen anderer Leute brechen ...«

Da hab ich dann allerdings doch kurz ein Schlechtes-Gewissen-Aufglimmen gehabt. Aber nur kurz. Denn Laila hat mich eine Stunde später so glücklich angerufen, dass ich gewusst habe, ich habe mal was so richtig *richtig* gemacht. Und das war diesmal nicht nur irgendeine Bastelsache gewesen. Ich hatte echt jemandem geholfen!

Ein winziges Fünkchen Stolz hat bestimmt kurz über meinem Haarschopf aufgeleuchtet. Falls Stolz leuchten könnte. Fände ich ganz schön.

Allerdings hat Laila in dem Telefonat leider auch gesagt, dass es eine zusätzliche Theaterprobe geben soll, schon morgen, und dass sie uns abends dann auch gleich zur Kulissenbesprechung brauchen.

Jetzt geht es mir an den (schüchternen) Kragen.

Fast habe ich das Gefühl, dass meine heiß geliebten Listen in letzter Zeit *zu* viel Klärung bringen, was ich am besten tun sollte. Zumal ich jetzt dauernd angeblich wirklich was tun *muss*. Vielleicht brauche ich ein neues Listenprinzip. So in der Art:

Ist mein Leben schön gemütlich mit den Listen? Nein.

Will ich also noch mehr Listen? Nein.

Hm ... muss ich noch mal drüber nachdenken. Aber jetzt muss ich das morgen zumindest erst einmal durchziehen.

CHECKLISTE 14

Auweia, ohne Liste geht es aber eben auch nicht. Oder wie soll ich herausfinden, was man macht, wenn …

a) … Lippen über einem schweben, die nicht nur wunderschön sind, sondern auch noch jemandem gehören, der so anziehend ist, dass man gar nicht mehr richtig atmen kann, wenn er nahe ist?

b) Und wenn der dabei auch noch die Arme um einen legt, sodass man das Gefühl hat, dass einem unter seiner Berührung die Schultern quasi wegbrennen?

c) Und seine Haare einen an der Wange kitzeln und es sich anfühlt, als würde britzeliger Feenstaub auf den eigenen Wangen verteilt?

d) Und was macht man dann mit diesem schnellen, lauten Herz in der Brust, das die Kraft für drei Jaguarsprints zu entfesseln scheint?

e) Wo kann man hin mit all dieser Power?

f) Alles in Richtung schönste Lippen der Welt?

g) Und was könnte dann passieren?

Tja, leider kann ich diese Fragen nicht beantworten, denn durch nicht nachvollziehbare Umstände hat mein Körper sich leider entschlossen, die in mir ausgelöste Kraft in *Fluchtkraft* umzuwandeln, also den anziehendsten Jungen der Welt zügig von sich zu stoßen und von der Bühne zu rasen.

Kann man das begreifen? Nein. Und das wird wohl auch keine Checkliste der Welt klären können.

Oder gibt es ein Gesetz, das vorschreibt: Wenn du etwas mehr als alles andere auf der Welt willst, dann gib dir extra viel Mühe, es auf gar keinen Fall zu bekommen? Wie sollte wohl so ein Gesetz heißen? Das »Oberbescheuert-megabeknackt-hirnamputierte-Superloser-Gesetz«?

Lavinia hätte dafür jetzt bestimmt eine Erklärung. Aber Lavinia ist weiterhin 700 Kilometer und unendliche viele Klassenarbeit-Zeitfresser-und-Kontaktverhinderer-Einheiten weit weg.

Außerdem weiß ich, glaube ich, schon die Antwort: Dieses bescheuerte, beknackte Gesetz gilt auf der Welt nur für einen einzigen Menschen, und der ist weiblich. Muss ich noch sagen, wer es ist? Luv Loolister hat einfach den Hauptpreis gezogen, als die Gene verteilt worden sind.

KAPITEL 8

Sieg!

Ja, richtig: Sieg! (Auch wenn man so was in meinem Lebenslauf bisher eher selten finden kann ...)

Aber: Ich bin nicht nur der Oberloser!

Manchmal bin ich auch eine erfolgreiche Bühnenbildnerin. Ja, hört sich etwas hochtrabend an, war aber so ähnlich. Nach meiner gigantischen Kuss-Flop-Szene bei der Probe habe ich dann abends bei der Bühnenbildbesprechung doch noch eine gute Figur gemacht. Meinten die anderen Kakao-Katzen jedenfalls. Die waren sogar ganz stolz auf mich, das habe ich richtig gespürt. Haben mich immer so zufrieden angelächelt, während ich das Konzept vorgestellt habe, das wir unter meiner Federführung zusammen erdacht hatten. Erst etwas leise, aber dann wurde meine Stimme langsam hörbar, und irgendwann habe ich sogar fast vergessen, dass ich vor anderen laut spreche.

Ich habe mich so in Rage geredet, weil ich über meine Lieblingsthemen sprechen konnte: bauen, umbauen, Kunst und so. Es lief aber auch deshalb klasse, weil dieser Matteo, der Regisseur, so eine echt nette Art hat, zu fragen und alles so darzustellen, dass einem selbst auffällt, wie viele neuartige und coole Ideen in dem eigenen Bühnenbildkonzept stecken. Außerdem war Liam nicht dabei. Wenn der mir auch nur einen »Hey, das Schneewittchen hat ja echt was drauf«-Blick zugeworfen hätte, dann hätte ich wahrscheinlich nicht einmal mehr drei Wörter geradeaus sprechen können, vor lauter Herzterror und Kniezittern.

checkliste 15

Apropos Herzterror. Ich hab immer Herzterror, wenn ich mit Liam auf der Bühne bin.

Was heißt das eigentlich genau?

1. Mein Herz macht Terror?

oder

2. Jemand macht meinem Herzen Terror?

Okay, beides!

»Jemand« kann man problemlos durch den Namen »Liam« ersetzen, auch klar.

Mein Herz kann man nicht ersetzen. Auch klar.

Terror und Herz hört sich in Kombination nicht so gesund an. Echt nicht.

Irgendwas muss ich davon loswerden. Auch klar.

Liam

Mein Herz wohl kaum.

Also: den Terror oder den Jemand.

Oh Mann, voll kompliziert. Meine Listen in der Grundschule waren irgendwie übersichtlicher …

Diese Herzterror-Checkliste hat zu überhaupt keiner Erkenntnis geführt. Das Einzige, was mir einfällt, ist, den Theaterrollen-Ersatz-Job an den Nagel zu hängen. Dann könnte ich mich – wie ich das sonst immer gemacht habe – einfach schnellstens vom Schauplatz des Herzterror-Geschehens wegkatapultieren.

Aber diesmal hängt noch Laila mit drin, der ich versprochen habe, für sie einzuspringen, und außerdem noch Matteo, der schon am Anfang gesagt hat, dass er sonst niemanden gefunden hat, bis ich kam. Den würde ich jetzt auch sitzen lassen. Beide hätten es nicht verdient. Beide haben sich mit mir bisher echt Mühe gegeben und verlassen sich nun auf mich.

So ein blöder Schlamassel. Ich sag's ja, wenn ich was anderes anpacke als Bauen und Kunst, verbocke ich es.

Matteo will jetzt mit mir üben.

Was eigentlich? Auf der Bühne zu bleiben, oder was?

Laila findet das *nett* von ihm. Franzi hat ihn gegoogelt und herausgefunden, dass er neben der Schule auch in einer Theatergruppe ist, in der er eine Art Schauspielunterricht gibt.

Und Mila hat ungläubig gegrinst, als sie das gehört hat, weil Matteo wohl den Ruf hat, immer nur einen sehr kleinen Kreis an Leuten um sich zu scharen, handverlesen sozusagen, weil er sowieso nie viel Zeit hat. Theater scheint seine Leidenschaft zu sein.

Und da will er sich ernsthaft Zeit für mich nehmen? Für das wohl schüchternste und unbegabteste Theater-Mädchen aller Zeiten? Der muss ja schon eine Riesenangst haben, dass ich ihm was vermassele ...

Eigentlich habe ich da gar keine Lust drauf. Was soll ich schon für die kurze Zeit noch üben? Liam bescheuert zu finden, damit ich auf der Bühne etwas entspannter bleiben kann? Ich glaube, dafür bräuchte ich noch ganz schön lange ...

Lieber will ich zusammen mit den Kakao-Katzen am Nachmittag unser Bastel-Café in schönstem Schwedenrot anmalen. Endlich! Das würde dem Ganzen noch so was skandinavisch Hyggeliges geben. Und dann will ich mit den dreien natürlich auch mal wieder einen richtig guten Kakao schlürfen. Ich habe Blaubeerschokolade entdeckt, die will ich mit dazugeben und die anderen raten lassen, was für ein Extra noch dabei ist ... Das machen wir seit einer Weile so, jeder ist mal dran. Auf diese Weise haben wir schon die witzigsten, aber auch leckersten Kakaos probiert. Ich sage nur: Pfefferminz-, Erdbeer-, Ingwer-, Trüffel- und Sahneschokolade ...

Yummy!

Statt eines gemütlichen Kakaotrinkens gab es am späten Nachmittag dann aber gleich die ersten Bühnenbildarbeiten – Matteo hat uns kurzfristig Bescheid gegeben. Die Abendveranstaltung in der Aula fiele aus und ob wir nicht die freie Zeit gleich nutzen wollten …? Wollten wir.

Aus zwei alten Schränken in der Requisite haben wir Kakao-Katzen die Türen ausgebaut und die schwarze Farbe abgeschliffen, um Western-Saloon-Türen zu bekommen. Franzi hat immer nach Tipps und Vorbildern dafür gegoogelt, Mila hat mir das Werkzeug gereicht, und weil sie ganz schön stark ist (trainiert dreimal in der Woche Leichtathletik, Schwerpunkt: Kugelstoßen!), die Türen mit ausgehängt und beim Möbelschieben geholfen. Und Laila, die immer noch richtig angeschlagen ist, hat vor allem Daumen hoch oder runter gegeben, wenn ich ihr Holzfarbenproben für die neue Saloon-Tür gezeigt habe.

Matteo hat ganz schön geguckt, was wir Ladys so draufhaben, glaube ich. Jedenfalls habe ich ihn mehrmals dabei ertappt, wie er mich beim Schleifen beobachtet hat. Wahrscheinlich dachte er: »Wenn die so schleift, wie sie schauspielert, dann brauch ich gleich 'nen Krankenwagen.«

Umso überraschender war am Ende wahrscheinlich das Ergebnis für ihn. Hat zwar ewig gedauert, aber schließlich hatten wir ziemlich coole, oben leicht verschnörkelte Türen mit Längsstreifen in der Mitte, also in so einer typischen Lamellen-Optik. Warum Matteo die ganze Zeit dabei gewesen ist, ist mir ein Rätsel, wo er doch angeblich immer so megaausgebucht ist. Aber dass er sich über die Türen gefreut hat, war mehr als offensichtlich. Ich glaube, so habe ich ihn bisher noch gar nicht strahlen gesehen. Wenn er lächelt, sieht er sogar echt nett aus. Überhaupt hat er kaum gestört, weil er glücklicherweise eine ganz gute Ruhe ausstrahlt und gar nicht so auffällt.

Gut, dass Herzterror-Liam sich für so was so gar nicht interessiert. Wahrscheinlich hätte ich mir vor Aufregung die halbe Hand weggehobelt, wenn der auch noch dabei gewesen wäre.

Wir Kakao-Katzen waren jedenfalls so zufrieden, dass wir auf dem Nachhauseweg beschlossen haben, unseren gelungenen Bühnenbaustart am kommenden Wochenende mit einem kleinen Kakao-Treffen in unserem Bastel-Café zu feiern – wenn es nicht regnet.

Jede von meinen Kakao-Katzen darf noch eine Freundin oder einen Freund mitbringen, und wer Lust hat, kann sich an Verschönerungsaktionen beteiligen (der Teppich ist noch nicht ganz fertig, wir brauchen noch Wollhüllen für die Marmeladengläser, aus denen Windlichter für die Holzterrasse entstehen sollen, etc.) oder wahlweise nur mit Kakao in der Hand quatschen, auf der neuen Terrasse rumstehen, sich im Sessel fläzen, Katzen streicheln, Musik hören usw. Das ist zwar keine richtige Party (ist ja auch nachmittags), aber kann bestimmt ganz nett werden.

Außerdem können wir alle zusammen vielleicht noch ein bisschen für das Bühnenbild brainstormen. Bei dem modernen Stück durchlaufen die Protagonisten nämlich ein paar Zeitepochen, bis sie im Hier und Jetzt angekommen sind, und dann stehen sie plötzlich auf einer Poetry-Slam-Bühne und sollen ihr Erlebtes noch mit anderen Slammern zusammen in coole Texte umwandeln. Und wir brauchen noch Ideen für die Slam-Bühne, sodass durch die Kulisse möglichst gleich eine richtig schöne Slam-Atmosphäre entsteht.

Selten habe ich mich so leicht gefühlt wie an diesem Abend, als ich unsere Haustür aufgeschlossen habe. Die Kakao-Katzen sind schwer in Ordnung!

CHECKLISTE 16

Matteo will mit mir üben, wie ich es machen kann, dass ich nicht einfach von der Bühne stürme, wenn etwas unbehaglich für mich wird. Hm. Kann man das echt üben?

Ich liste mal auf, was genau mein Problem ist:

a) Ich fühle mich schnell unbehaglich, weil ich immer so viel wahrnehme, sodass das manchmal echt zu viele Infos für mich sind und ich mich damit überfordert fühle, auf alle zu reagieren.

b) Und dann entscheidet mein Körper einfach, dass ich wegwill.

c) Dann kann ich nämlich auch nichts falsch machen.

Das fällt jetzt aber natürlich noch mehr auf als früher, weil ich auf einmal so viel *anderes mache* als nur basteln ... Ich sag ja, was *anderes* ist nicht so meins.

Meine Checklisten scheinen für mich irgendwie gar nichts zu klären, sondern führen mich eher in die Irre. Oder soll das etwa ein Erfolg sein, wenn mir immer mehr auffällt, wo ich überall »Übungsbedarf« habe? Na, herzlichen Dank!

Tschaui, ihr komischen Listen!!

KAPITEL 9

Vielleicht doch nicht so doof.

Ich meine, heute war es zumindest ganz witzig, mit Matteo an meinem »Problem« zu arbeiten. Hätte gar nicht gedacht, dass es auch irgendwie Spaß machen kann, über sich selbst zu lachen. Zusammen mit jemand anderem auch noch. Und dass man sich dabei trotzdem nicht wie der letzte Idiot vorkommen muss.

Also, jedenfalls hat Matteo mir heute Morgen eine WhatsApp-Nachricht geschickt, ich solle doch mal eine halbe Stunde vor unserer Probe kommen, er wolle noch was mit mir einüben.

Und erst fand ich die Situation dann auch, wie erwartet, merkwürdig. Nur wir beide oben auf der leeren Bühne vor den leeren Aula-Stühlen. Aber er ist glücklicherweise sofort in die Übung gesprungen, und da konnte ich gar nicht mehr lange darüber nachdenken. Ich sollte die Augen schließen und mir jemanden vorstellen, der mich immer nervös macht oder vor dem ich irgendwie Schiss habe. Ich muss wohl nicht groß erzählen, wen ich da genommen habe … Und ich habe auch prompt totales Herzklopfen bekommen, als ich nur an

Liams Gesicht gedacht habe. Dann sollte ich mir vorstellen, die Person säße da unten im Zuschauerraum.

Unglaublich, aber sogar meine Knie sind dabei weich geworden – allein bei der Vorstellung! (Vielleicht habe ich auch die doppelte Packung Gefühle mitbekommen? Oder ginge das etwa jedem so?)

Anschließend hat Matteo mich aufgefordert, meinen Text der letzten Probe zu sprechen. Schön laut und deutlich – in den Zuschauerraum hinein.

Und da war er wieder. Dieser Fluchtreflex. Wirklich, meine Füße begannen sich auch schon wieder langsam seitlich zum Bühnenrand zu schieben, und sagen konnte ich gar nichts.

Aber Matteo war schneller. Mit einem Sprung stand er an meiner Seite und legte mir ganz sanft den Arm um die Schulter und lächelte mich an, sodass ich jedenfalls nicht mehr weiter zur Seite ausweichen konnte.

Und ich habe so ein bisschen geistesgestört was von Füßen gefaselt, die sich ohne meinen Willen aus dem Staub machen wollten, und deshalb hat Matteo sich kurz zu meinen Füßen gebeugt und ihnen einen kleinen, witzigen Vortrag gehalten. Darüber, was Füße für eine Aufgabe haben. Nämlich, dem Willen des Besitzers zu gehorchen und so. So, als wären nur meine Füße schuld. Darüber musste ich nach kurzer Zeit so kichern, dass ich mich schon wieder viel besser gefühlt habe.

Und dann haben wir die Szene noch einmal geübt. Matteo ist die ganze Zeit neben mir stehen geblieben, und immer wenn ich wieder leiser geworden bin, hat er mir zugezwinkert und spaßeshalber meinen Füßen pantomimisch gedroht. Dann musste ich nur noch aufpassen, dass ich nicht wieder vor Lachen lospruste.

Und als die anderen zur Probe kamen, da hatte ich zumindest ganz viel Text schon einmal in die leere Aula gesprochen. Meine Stimme hat dabei zwar immer noch etwas in der Lautstärke geschwankt – je nach Mut, der mich gerade ergriffen hatte oder nicht. Aber zumindest hatte ich bisher noch nie so viel Text laut auf einer Bühne gesprochen wie eben neben Matteo. Und das war ja vielleicht auch schon etwas.

Nur die Kussszene, meinte Matteo, die sollten wir in den nächsten Proben einfach weglassen und dann später wieder Laila spielen lassen. Er könnte es sich nicht erlauben, dass mich Liam damit noch vollständig verjagt.

Hm. Echt jetzt?

Freut mich das oder nicht?

Hat sich im ersten Moment nicht so erleichternd angefühlt wie erwartet. Je länger ich jetzt nach der Probe darüber nachdenke, desto blöder finde ich es sogar. Ich muss keine einzige Kussszene mehr mit Liam proben?

Sag ich ja: Luv Loolister – ein Chaosprodukt der Schöpfung …

Könnte ich mal bitte irgendwie mehr »geradeaus« fühlen?

CHECKLISTE 17

Schockschwerenot! Liam will aber die Kussszene mit mir proben! Er hat Matteo heute – vor meinen Augen auf dem Pausenhof! – lang und breit erklärt, warum er das für eine der schwierigsten Szenen hält und dass es ihm komplett blöd erscheint, genau die nicht zu proben. Dafür hätte man Luv (er kennt doch meinen Namen, ha!) schließlich engagiert.

OMG!

Wie meint er das?

a) Will er sich das Kussszenen-Training mit mir etwa nicht entgehen lassen?

b) Oder ist er nur extrem ehrgeizig, was seine schauspielerische Performance bei der Aufführung angeht?

c) Oder findet er diese Szene mit mir vielleicht genauso aufregend wie ich mit ihm, und er lässt es sich nur nicht anmerken?

OMG, das wäre es ja! Bei dieser Vorstellung kann ich nicht einmal mehr weiterschreiben, weil der Stift so wackelt.

Keep cool, Luv – and go on! (Lavinia-Spruch natürlich)

Bibber. Zitter.

Und ... hm ... Neugier ...!??

Das Laut-sprech-Schüchternheit-Überwindungstraining mit Matteo auf der leeren Bühne bringt erstaunlicherweise wirklich was. Vor allem sind seine Übungen dazu oft so witzig, dass ich mich erst schlapplache und danach immer in so einer lustigen Stimmung bin, dass meine Stimme sich auch irgendwie gelockert hat und ich sogar ganz schön laut sprechen kann.

Nur den Text für die Kussszene will Matteo nie mit mir proben. Der muss ja echt Angst haben, dass ich ihm wieder von der Bühne hoppele. Na ja, wie man mich kennt, ist das ja auch nicht ganz unwahrscheinlich.

Hinzu kommt, dass ich bei der letzten Probe schon gemerkt habe, dass Liam mich irgendwie länger ansieht – und auch gerade dann, wenn er denkt, ich merke es nicht. Das hat meine Aufregung irgendwie noch verstärkt. Ich will jetzt einerseits meinen Text schön nahe bei ihm sprechen, und andererseits halte ich nun vor Aufregung mein Textbuch sogar oft verkehrt herum, wenn ich Liam zu nahe bin, *ohne es zu merken*! Matteo hat mich deshalb gestern angeguckt, als wäre ich der letzte Idiot ... Vor allem, weil ich im ersten Moment nicht einmal verstanden habe, wieso mein Text so schwer zu lesen war ...

Wie soll man solche widerstreitenden Gefühle nur aushalten? Und vor allem, was soll ich tun?

CHECKLISTE

1. Sehr nahe herantreten, Liams Nähe schön und aufregend finden und bei der Probe leider gar nichts mehr sagen können?

oder

2. mich weit entfernt von Liam hinstellen, wieder sprechen können, aber von ihm nicht richtig verstanden werden und somit die Szene auch vermasseln?

Och nee, was für tolle Möglichkeiten wieder …!

Luv, denk weiter nach, da muss es noch eine dritte Variante geben!

Ich habe gerade endlich mal wieder mit Lavinia telefoniert!

Wow! Das tat echt gut! Allerdings meinte Lavinia, die Lösung wäre, herauszufinden, ob Liam für mich auch so fühlt, wie ich für ihn. Und dafür sollte ich mich am besten einmal mit ihm außerhalb der Proben treffen.

Echt jetzt?

Na gut, klingt irgendwie logisch.

Jedenfalls für unkomplizierte Leute.

Und so jemand will ich doch werden, oder?

Also: Ideen müssen her. Wie könnte ich ein Treffen mit Liam einfädeln?

Okay, so komme ich nicht weiter.

Aber es ist eh schon spät. Ich geh mal schlafen. Morgen schreiben wir eine Arbeit in Bio, und übermorgen soll unser Mini-Kakao-Fest im Schuppen laufen. Dafür muss ich morgen noch Milch und Schoki kaufen.

Also, erst einmal good night, Chaos-Girl …

Vielleicht fällt mir ja im Schlaf noch was ein ☺. Irgend so ein Super-Lösungstraum … Ja, ich weiß, träum weiter …

KAPITEL 10

Hilfe, es fehlen Sachen im Kakao-Café!

Echt jetzt! Ganz schön viele sogar! Wie geklaut oder so. Das kann doch nicht sein?!

Was sollen wir denn jetzt bloß machen?

Es hat keiner einen Schlüssel außer mir, Mama und den anderen Kakao-Katzen. Das heißt, jemand anderes außer uns kommt da doch gar nicht rein ...

Und das einen Tag vor unserem schönen Kakao-Fest ...

Na ja, aber wenigstens war der Herd nicht geklaut worden ... Nee, echt jetzt – ich versuche es hier mal mit Lavinias Galgenhumor.

Und weil der Herd nicht geklaut worden war, konnten wir doch einen echt schönen Samstagnachmittag in der Hütte verbringen – zum ersten Mal mit Gästen im »Kakao-Café in bester Bastel-Lage«. Ich war vorher natürlich ganz schön aufgeregt ...

Aber weil meine Kakao-Katzen echt nur Mädels eingeladen haben, die entweder gerne Kakao trinken und quatschen oder aber gerne was herstellen – oder eben alles gleichzeitig mögen – war es ganz einfach. Sie brachten Nicki, Carla und Lil mit, alle aus unserer Klasse. Unser Nachbar hat wahrscheinlich gestaunt, was bei uns los ist – bei dem ganzen Reden, Lachen, Bohren und Hämmern den ganzen Nachmittag und Abend.

Ach ja, und ein Junge war auch dabei. Ja, echt, Laila hat *Matteo* mitgebracht. Hab mich erst ein bisschen gewundert, was der bei uns Mädchen wollte. Aber dann habe ich es, glaube ich, geschnallt. Er hat wahnsinnig interessiert und lange meine ganzen Umbauten sowie Bastel- und Upcycling-Werke angesehen und mir ein paar Fragen dazu gestellt. Nach einem kurzen Kakao ist er dann auch wieder verschwunden. Ich glaube, er wollte sich nur noch einmal davon überzeugen, dass wir sein Bühnenbild auch wirklich hinbekommen können.

Für ihn scheint von dieser Aufführung richtig was abzuhängen. Laila hat erzählt, dass zur Aufführung auch viele aus seiner großen Schauspielgruppe kommen wollen und man überlegt, ihn dort nicht nur als Schauspiellehrer, sondern sogar als Co-Regisseur einzusetzen. Immerhin spielen die auch schon hin und wieder in dem winzigen Stadttheater. Wenn man so richtig besessen vom Theatermachen ist, dann ist das ja wahrscheinlich ein Traum ...😊

Na ja, jedenfalls hat er den besten Teil des Nachmittags eigentlich verpasst. Als wir nämlich so einiges fertig hatten und aufgebaut haben, da sind wir sieben in richtig ausgelassene Stimmung gekommen. Wir haben die zehn Teelichter mit ihren neuen kuscheligen Umhüllungen in Wollweiß und

Türkisblau[6] rundherum auf die Terrasse gestellt und angezündet. Den fertigen (!), wunderschönen(!) bunten Teppich haben wir auch auf die Holzpaletten nach draußen gelegt und dann die beiden Sessel rausgeschoben. Zu zweit konnten wir in je einem sitzen – auch auf der Armlehne und so. Und die anderen haben sich auf Sitzkissen davor und dazwischen gesetzt. Lil hatte selbst gemachte Cake-Pops mitgebracht – ich liebe diese runden Kuchen am Stiel – und reichte sie herum. Glücklicherweise hatten wir so einen trockenen, sonnigen Herbsttag erwischt.

Dann hat jeder erzählt, was für ihn eine tolle Poetry-Slam-Bühne wäre oder was er schon mal in der Richtung gesehen hat – ich bin ja noch auf Ideensuche für das Bühnenbild. Ich habe alle Ideen notiert und war echt zufrieden mit dem Ergebnis. Am Ende hat Franzi ein – wirklich cooles – Poetry-Slam-Gedicht gegoogelt, von meiner Lieblings Poetry-Künstlerin Julia Engelmann. Und wie Franzi dann da vor uns stand und Julias berühmtestes Gedicht »Eines Tages, baby, werden wir alt sein« vorgelesen hat, da fand ich ganz kurz mal, dass das hier gerade genau das war, was ich machen wollte. Und dass das hier garantiert zu den Geschichten gehören würde, die ich später gern erzählen wollte, wenn ich mal alt war. Und bei der Textstelle »Und lass mal an uns selber glauben, ist mir egal, ob das verrückt ist«, da musste ich unwillkürlich meine Kakao-Katzen angucken und sie mich. Und ein ganz warmes Blubbern breitete sich in meinem Bauch aus – und

6 Anleitung hinten in meinem Ideenbuch

das lag nicht nur am Kakao. Die Stelle war einfach genau wie für uns gemacht – und in diesem Moment war es, als wüsste ich felsenfest, dass wir noch ganz viel Wunderbares zusammen vorhatten.

Langsam begann es dann zu dämmern, und als die ersten Sterne hervorblitzten, haben wir uns Sternbilder ausgedacht und auch, was sie bedeuten könnten – keine von uns kannte nämlich wirklich zuverlässig eins. Da hat sich Carla als besonders kreativ entpuppt, und wir haben uns kringelig gelacht bei ihren Interpretationen: »Und hier, meine Damen und Herren, sehen Sie ›Das große Handy‹ – es zeigt sich nur bei sehr klarem Himmel. Wenn Sie das Glück haben, es zu entdecken, dann bedeutet das, dass ihr Handy-Akku noch tippitoppi ist und sehrrr lange halten wird – oder aber, dass Ihnen zu Ihrem Geburtstag das nächste coole Handy-Modell in Aussicht steht. Ganz wie Sie es verstehen wollen …« Oder: »Oh, Hilfe, hier ist heute tatsächlich ›Der große Mercedes‹ zu sehen! Soll das etwas heißen, dass wir alle nicht so mit unserem Geld prassen sollen …? Weniger in Kakao und Perlen investieren?« Und so fiel uns allen der größte Quatsch ein, bis meine Mutter mit warmen Decken herauskam und uns erst da klar wurde, dass wir wirklich langsam schon fröstelten.

Denn obwohl es ein recht lauer Herbstabend war, konnte man den Kakao doch gar nicht so heiß trinken, dass man davon wieder vollständig warm wurde. Aber in die warmen Decken gehüllt, ging es dann noch eine Stunde lang richtig gut.

Als wir uns irgendwann verabschieden mussten, weil es endgültig zu kalt wurde und es zu siebt doch etwas eng in der Hütte geworden wäre, hatten wir schon den nächsten Plan. In zwei Wochen wollten wir uns wieder treffen und zusammen noch kleine Lampionketten basteln, die wir zwischen die Bäume rund um die Schuppenterrasse spannen konnten. Für eine noch viel coolere Abendatmosphäre.

Hm, heute habe ich im Schuppen schon wieder etwas vermisst: Meine beste Schere ist wie vom Erdboden verschluckt. Ist da wirklich ein Dieb am Werk? Allerdings frage ich mich doch, ob ich die Sachen nicht einfach verlegt habe. Meine selbst gemachte Stiftebox zum Beispiel. Hatte ich die nicht ins Haus gebracht, um sie Mama zu zeigen? Und meine superteuren »Architekten-Stifte«, die »Copics«, hatte ich die nicht sogar mit in die Schule genommen? Ich muss da mal mein Klassenfach durchsuchen. Ja, und das hübsche Kissen mit den Perlen dran – kann es vielleicht sein, dass eine der Katzen es in ein Versteck geschleppt hat? Weil es so geglitzert hat? Aber mögen Katzen überhaupt Glitzer? Habe ich nicht mal irgendwo gelesen, dass Katzen, wenn sie schwanger sind, sich im Geheimen ein gemütliches Nest bauen und ihre Kleinen ganz ungestört da bekommen ... Ob Spoby oder Rosewood etwa Junge bekommen – auf dem *Glitzerkissen* ...?

Na ja, jedenfalls bin ich ganz erleichtert bei diesen letzten Überlegungen. Doch keine unheimlichen Vorgänge im Schuppen wahrscheinlich! Süße Mini-Katzenbabys wären mir auch viel lieber!

Jetzt hat mein letztes Stündlein geschlagen.

Matteo hat sich von Liam breitschlagen lassen, die Kussszene doch zu proben!

Gleich morgen. Weil Liam meinte, ihm sei überhaupt nicht klar, wie wir da zu den Zuschauern stehen müssten und wie nahe wir uns wirklich mit den Gesichtern kommen müssten, damit es echt aussieht. (Oh Gott, ich fürchte, gaanz nahe. Sonst sieht es doch für die in der ersten Reihe total unecht aus ...)

Na, jedenfalls könne er sich das überhaupt nicht vorstellen und so was könne man ja auch nicht irgendwo anders üben, immerhin brauche man Bühne und Zuschauerraum dafür. Und ob Matteo sich dann in die erste Reihe setzten könne und das mal herausfinden ...

Und schön wäre auch, wenn das »Luv-Schneewittchen« dann ausnahmsweise mal nicht abhauen würde ...

Jetzt heiße ich wenigstens schon *Luv*-Schneewittchen. Deutlich persönlicher, kicher. Na ja, und irgendwie auch ganz spannend ... Er hat mich dabei nämlich ganz süß angesehen, fast ein bisschen schüchtern – was eigentlich gar nicht zu ihm passt.

Ähem ... ja.

Also morgen!

Was ziehe ich an?

Ja, wirklich, das ist die Frage, denn ich habe nie das Bühnenkostüm von Laila an, weil es mir etwas zu klein ist, ich bin ein ganzes Stück größer als sie.

Klar, natürlich weiß ich auch, dass das kein echter Kuss

wird. Aber das kommt einem echten Kuss eben so nahe wie noch nie etwas zuvor in meinem Leben.

Hoffentlich bin ich nicht vorher schon total durchgeschwitzt …

Ich glaube, mir steht jetzt schon beim bloßen Gedanken daran der Schweiß auf der Stirn.

Aber mit Matteo kann ich das auch nicht vorher üben. Das ist mir auch irgendwie peinlich mit diesem großen, etwas bärigen Jungen. Außerdem ist der total dunkelhaarig, und das hilft dann auch nicht, weil ich sowieso weiß, dass das nicht Liam ist, und damit kann ich das Aushalten der Aufregung gar nicht vorher üben.

Matteo hat bisher sowieso nie den Vorschlag gemacht, obwohl wir nun ja schon einiges zusammen geübt haben. Also ist ihm das bestimmt auch eher peinlich. Und langsam hat er, glaube ich, wirklich genug Zeit in mich investiert. Bald ist ja auch Laila wieder dabei.

Ich weiß jetzt: Ich ziehe mein neues weißes Shirt mit der engen hellblauen Jeans an. Das sieht schön frisch, aber nicht aufgebrezelt aus. Und außerdem unterstreichen helle Sachen immer mein dunkles Haar, meint Lavinia. Und damit vielleicht auch ein bisschen meinen Schneewittchen-Auftritt – kleiner Scherz …

OMG! Kann ich nicht doch ein Double schicken …?

Tja, leider bin ich ja quasi schon selbst das Double. Von Laila halt. Shit.

KAPITEL 11

Das war …

Verwirrend!

Höchst verwirrend!

Mehrmals war es fast schön.

Wir standen ganz schön oft echt nahe zusammen. Liam und ich.

Und diesmal habe ich auch ein bisschen mehr mitbekommen als nur mein galoppierendes Herz. Ich weiß jetzt, dass er nach würzigem Honig riecht. Waldhonig würde ich sagen.

Und sein Haar nach frischer Orange oder so.

Und seine Wimpern sind voll blond mit ganz wenigen weißblonden drin.

Und jedes Mal, wenn sich unsere Köpfe einander noch etwas mehr genähert haben, ging ein Britzeln durch mich hindurch bis in die kleinste Fingerspitze. Aber diesmal konnte ich sogar stehen bleiben …

Doof war nur, dass der Regisseur immer gestört hat. Ja, wirklich, das kann doch nicht sein, oder? Ich meine, das ist doch nicht sein Job! Immer hatte er etwas auszusetzen. Entweder war mein Bein zu weit vorne oder Liams Bein zu weit am Bühnenrand, oder man hat mich nicht gut genug gesehen, oder mein Haar war vor unseren Gesichtern und musste noch einmal hochgesteckt werden, oder, oder, oder ... – na gut, vielleicht ist aber auch tatsächlich genau das Matteos Job?!

Trotzdem, das war sooo schade, denn ich hatte das Gefühl, dass es bei Liam auch ein bisschen geprickelt hat. Er hat mich immer so intensiv angesehen, wenn unsere Lippen sich fast berührt haben und ist sich so nervös durchs Haar gefahren ... oh Mann ...

Ich muss das jetzt unbedingt wissen. Ich brauche dringend noch eine Kussszenen-Probe. Hoffentlich lässt Matteo uns nächstes Mal mehr Zeit, dazustehen und ganz viele Varianten auszuprobieren, wie es nach einem möglichst echten Kuss aussehen könnte. Dann wäre ich vielleicht noch sicherer, dass es bei Liam auch ein bisschen britzelt. Und dann würde ich mich vielleicht auch trauen, Lavinias Vorschlag zu folgen und mich mit Liam mal irgendwo auf einen Kakao zu treffen und herauszufinden, was wirklich los ist ... Vielleicht jedenfalls ... Na ja, wir könnten das ja zumindest machen, wenn Lavinia hoffentlich am ersten Dezemberwochenende da ist! Dann kann sie vielleicht mitkommen und mir hinterher sagen, was sie für ein Gefühl hatte ...

Wie gut, dass ich nächste Woche noch einmal für Laila bei den Proben einspringe ... Herzbeben ... Nächste Woche, komm schnell ... oder auch besser doch nicht so schnell ... oder doch: sogar ganz, ganz schnell ... So eine Konfusion!

Oder besser: *Ich* bin mal wieder komplett konfus!

Echter Luv-Style eben.

Bin zur Ablenkung am Freitagnachmittag mit Laila auf den Flohmarkt in der großen Markthalle gegangen.

Und wir hatten voll Glück! Wir haben nicht nur tütenweise Wollreste zu einem Spottpreis erstanden, sondern auch noch ein weißes schlichtes Teegeschirr. Da hatten wir beide wohl denselben Gedanken: Wir brauchen dringend noch ein eigenes Geschirr für unser Kakao-Café. Und zwar am besten mit einem Logo darauf! Also haben wir unsere Flohmarktbeute schnell in den Schuppen gebracht und sind noch einmal los zum Bastelladen im Ort. Dort haben wir Porzellanmaler in vier tollen Farben gekauft. Wir waren richtig aufgeregt, als wir dann bei einem schönen Zimt-Kakao schon einmal Ideen für ein Logo ausprobiert haben. Das war gar nicht so einfach, denn es sollte einerseits schlicht und cool sein, recht leicht zu malen, sodass wir es auf alle vier Tassen, Untertassen und kleine Teller draufmalen können. Und andererseits sollte es richtig gut zu uns passen. Zu den Kakao-Katzen eben.

Und nun wollen wir versuchen, für Sonntag die Kakao-Katzen alle zusammenzutrommeln, um mit Mila und Franzi unser endgültiges Logo zu »erfinden«. So cool. Toll, dass Laila schon wieder einigermaßen sprechen kann und auch nur noch ein wenig gelbgrün im Gesicht ist. Die Schwellung hat deutlich abgenommen, aber wenn sie viel spricht, hat sie noch Schmerzen, das habe ich bemerkt. Muss sie ja aber mit mir auch nicht. Wir können auch wunderbar zusammen schweigen, Logos entwerfen, Kakao trinken und Musik hören.

Voll, voll schön!

Juhuuuuu! Lavinia hat geappt:

»Werde am 5.12. bei dir sein! Übernachtung klappt auch. Das gibt also ein echtes Nikolausi-Wochenende für uns …😊 So cool! Freu mir bis dahin dann einfach schon einmal ein Loch in den Bauch! Lavi-Lu«

Oh Mann, dann muss ich jetzt aber dringend noch ein bisschen Gas geben mit dem Schuppen. Ich würde ihn doch so gerne vorher noch in diesem gemütlichen Schwedenrot streichen! Bühnenbild bauen und Hütte renovieren ist allerdings ganz schön viel zusammen. Aber beim Bühnenbild haben wir nur noch ein paar Sitzungen vor Ort, den Rest können wir hier in der Werkstatt herstellen.

Dadurch, dass die beiden Protagonisten (Liam und Laila) in dem Stück allerdings erst durch ganz viele Epochen der Geschichte reisen, bis sie endlich im Hier und Jetzt ankommen (Hier und Jetzt = Poetry-Slam-Bühne irgendwo in Norddeutschland 😊), brauchen wir auch ganz viele unterschiedliche Bühnenausstattungen, die möglichst leicht zu wechseln sind.

Also, so ist der Zwischenstand:

CHECKLISTE 20

1. Braune Stoffbahnen mit Höhlenmalerei sind komplett fertig.
2. Antike Säulenreste müssen nur noch weiß angestrichen werden.

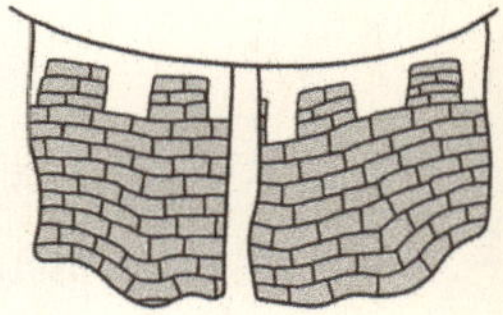

3. Burgmauer machen wir aus Stoff und ziehen sie einfach hinten hoch, dann muss auch nicht dauernd der Vorhang für einen Bühnenbildwechsel geschlossen werden.
4. Weiße Segel (als Symbol für Segelschiffe) werden zwischen ausgefahrenen Sonnenschirmständern gespannt (dazwischen kommt übrigens der Kuss 😊). Da brauchen wir aber glücklicherweise nur noch die Segel aus weißem Stoff zu schneiden, Ständer sind in der Requisite hinter der Aula vorhanden.

5. Saloon-Türen sind alle vier fertig.
6. Schlichte weiße Hausfassaden à la Architekturstil Anfang des 20. Jahrhunderts haben wir bereits auf hellblauen Stoff gemalt.
7. Es fehlt noch ein cooler Ort für die Poetry-Slam-Bühne, und da wollen wir so eine Alte-Fabrik-

Atmosphäre durch alte hellgraue Maschinen und Ofen- und Leitungsrohre im Hintergrund, auf schwarzen Stoff gemalt, erzeugen. Und ein paar echte Leitungs- und Ofenrohre haben Mama und ich schon vom Recyclinghof geholt, die wollen wir rechts und links an die Wände lehnen und eins an das Rednerpult samt Mikro in der Mitte der Bühne. Und dann haben Mila, Franzi und Laila in unserer Klasse schon ganz viele von diesen kleinen Lichterketten als Leihgabe für die Aufführung eingesammelt. Die kleinen Lichter sollen dann nämlich bei der Poetry-Szene am Ende von der Decke hängen und überall um die Leitungsrohre und um das Rednerpult gewickelt werden. Das gibt dann hoffentlich so eine Mischung aus abgerockter und ein bisschen aufregender, poetisch glitzeriger Atmosphäre. Poetry-Slam eben 😊.

Aber die Aufführung ist Ende November. Da bleibt danach noch eine Woche, bis Lavinia kommt. Wenn die Kakao-Katzen wieder fleißig helfen, dann müssten wir unsere Hütte noch in den sieben Tagen gestrichen bekommen. Und vorher volle Kraft ins Bühnenbild. Guter Plan! Und check!

KAPITEL 12

Väter können aber auch echt voll nerven!

Als hätten wir nicht schon genug eigene Probleme!

Habe eben einen Anruf von Laila bekommen. Jetzt hat Lailas – eigentlich ja voll netter, dachte ich jedenfalls – Vater herausgefunden, dass Laila mich dazu angestiftet hat, ihn am Bahnhof von seiner Reise abzuhalten. (Laila hatte es ihrer Mutter gestanden ...)

Na toll!

Und nun meint er, er habe dadurch einen richtig großen finanziellen Verlust, denn er habe da für die besonders Abenteuerlustigen in seinen Reisegruppen den schärfsten Marianengraben-Tauchgang des Jahrhunderts planen wollen – und das hätte er sich gut bezahlen lassen!

Ja, ja, schon klar! Wahrscheinlich kann sich Herr Zassemann eher bei uns bedanken, dass er jetzt nicht zuhauf Schadensersatzklagen in Millionenhöhe von unzähligen Familien am Bein hat, die ihre Angehörigen betrauern, die bei den »spannenden« ZWSR-Touren (Zassemann-Wild-und-schön-Reisen) leider im Marianengraben »verloren gegangenen« sind.

Na gut, Herr Zassemann sieht es anders, und deshalb soll Laila nun als Wiedergutmachung irgendwas Soziales in der Schule machen.

Soziales in der Schule? Was soll das denn sein? Unsere Sportlehrerin Frau Kruse wiederbeatmen, wenn sie mal wieder versucht hat, eine ihrer Übungen selbst vorzuführen?

Oder sich mit dem Feuerlöscher bewaffnen und unauffällig hinter Herrn Lorenzen stellen, wenn der wieder drauf und dran ist, das Chemielabor durch einen seiner, Zitat himself, »besonders ungefährlichen Versuche« in Brand zu stecken?

Oder den Physiklehrer in ein Röhrchen pusten lassen, um herauszufinden, ob der bei seinem täglichen Promillegehalt eigentlich wirklich weiterhin mit dem Auto zur Schule kommen darf?

Na gut, zugegeben, ich bin ein bisschen sauer. Und vielleicht auch ein bisschen zu negativ.

Dann fällt mir so spontan aber nur noch ein, dass Laila sich mal anbieten könnte, den Textilarbeitsraum aufzuräumen und auszumisten. Und alle Materialien, die nicht mehr für den Unterricht benötigt werden, könnte sie direkt und ohne Umwege in mein Regal im Schuppen umleiten. Also, dabei würde ich ihr gerne helfen ... ☺

Okay. Laila und ich haben das vorhin noch mal besprochen. Ich helfe ihr wirklich. Aber nicht, um besonders gute Sachen abzustauben, sondern weil ich es nur für fair halte. Immerhin habe ich bei der Sabotage-Sache eine nicht ganz unerhebliche Rolle gespielt, sonst hätte sie ja gar nicht funktioniert.

Und deshalb werden wir beim Wohltätigkeitsbasar der Schule nächste Woche einen Stand eröffnen und versuchen, ganz viele von unseren kuscheligen Wollwindlichtern zu verkaufen. Und die Einnahmen sollen wir anschließend an eine gemeinnützige Organisation spenden, meint Herr Zassemann. Dann wäre für ihn wieder alles gut.

(Ich weiß schon, wir geben das Geld dem Verein für Familien von verunglückten Tauchern – falls es so einen Verein gibt. Schon mal so im Voraus, falls Lailas Vater sich wieder eine »höchst spannende und total ungefährliche Reise« in diese Richtung einfallen lässt …)

Oh Mann, da fällt mir noch ein:

Hoffentlich stromert Liam nicht am liebsten an Mittwochnachmittagen über Schul-Wohltätigkeitsbasare … aber wohl eher unwahrscheinlich. Mir wäre es jedenfalls sehr unangenehm, wenn mir vor lauter Aufregung hinter meinem Windlichtstand kein Wort einfallen und ich wieder so eine doofe Figur abgeben würde. Wie soll man aber auch kurz und cool erklären, warum ich da eigentlich stehe? Eben! Bei den Theaterproben ist der Text wenigstens vorgeschrieben … Bei richtig großer Aufregung sinnvolle Sätze zu bilden ist ja wirklich nicht gerade meine Stärke. Und außerdem ist diese Marianengraben-Geschichte normalen Menschen auch echt schwer zu erklären …!

Extra-Sonntagsschicht »Wollige Windlichter herstellen« erfolgreich durchgeführt. Wie gut, dass wir unsere Kakao-Katzen haben! Alle haben noch mehr als ein Dutzend leere

Marmeladen- und Einweckgläsergläser mitgebracht, und dann haben wir glücklich in den vielen bunten Wollresten gewühlt, die wir auf dem Flohmarkt vorgestern ergattert hatten – die sind zum Teil aus so richtig schönem Material: Merinowolle, Alpaka und sogar ein bisschen samtweiches Kaschmir ist dabei!

Und weil wir alle vier so unterschiedlich sind und deshalb auch ganz unterschiedlich häkeln und stricken sowie jede einen anderen Farbmix bevorzugt, hatten wir am Abend sage und schreibe 15 superunterschiedliche und sehr, sehr schöne große Windlichter. Sogar Franzi hat ihr Handy in der Hosentasche gelassen und mit uns gewerkelt. Außerdem hat sie diesmal das Kakao-Kochen übernommen, das geht bei uns nämlich immer reihum, wer die anderen verwöhnt.

Bin ja gespannt, ob wir alle verkaufen …

Wenn es gut läuft, könnten wir mal überlegen, ob wir Mama solche Windlichter oder andere Sachen von uns auf dieser Internet-Plattform zum Verkauf selbst gemachter Sachen einstellen lassen. Sie verkauft darüber auch ihre selbst geschmiedeten Silberringe.

Wir wären dann nicht nur das »Kakao-Katzen-Café« sondern auch noch die »Wollsachen-Schmiede« oder so.

Allmählich bedauere ich meinen Umzug hierher gar nicht mehr soo sehr …☺

Checkliste 21

Was ein voller Erfolg war:

Der Verkauf der Windlichter! Wusste gar nicht, dass so viele Leute auf wollige Windlichter stehen … (war jetzt wahrscheinlich in der dunklen Jahreszeit ganz passend, da haben alle so ein bisschen Sehnsucht nach gemütlich und so …) Wir haben wirklich kein einziges übrig behalten!

Und Franzi ist schon ganz heiß darauf, dass wir demnächst mal versuchen, Windlichter oder andere Sachen in diesem Internet-Kleinkunst-Shop zu verkaufen …

Was absolut und so überhaupt gar kein Erfolg war:

Liam war da!

Und ich gerade in ein Verkaufsgespräch mit einer alten Frau vertieft, ob das Windlicht wohl zu ihren Gartenzwergen im Garten passt.

Na toll! Typisch ich. Echter Luv-Style.

Wer versucht, möglichst uncool zu wirken und so spannend wie eingeschlafene Füße? Na, wer ist das?

Richtig.

LUV. Oder auch *Leicht Unter Valium*, wie Lavinia gerne gekichert hat, wenn ich mal wieder stockstumm geblieben bin und mich vor Aufregung kaum rühren konnte ...

Nachdem ich erst einmal verstanden hatte, dass Valium ein Beruhigungs- und Schlafmittel ist, konnte ich das Lavinia gar nicht mal so übel nehmen.

Toll fand ich aber schon immer, dass Lavinia mich trotzdem mag. Und zwar so richtig mega, wie sie immer gesagt hat. Und dann hat sie mir sogar oft ein Herz aus Daumen und Zeigefingern genau dann gezeigt, wenn ich gerade wieder mal so total LUVig gewesen bin.

Na ja, äh, Liam hat mir jedenfalls kein Herz gezeigt. Aber fast hätte er ein Windlicht bei mir gekauft! Ja, wirklich! Doch dann kam ein Mädchen und hielt ihm von hinten die Augen zu und ließ ihn immer kichernd raten, wer sie ist – oh Mann, fand ich das peinlich. Liam offenbar nicht. Der hat sich auf diese Art vom Stand wegziehen lassen, und als ich das nächste Mal hochgeguckt habe, waren sie beide verschwunden. Gemeinsam? Keine Ahnung! Ob die mal zusammen gewesen sind? Sie hatte so gar keine Scheu, ihn zu berühren ... Andererseits – hätte er sie dann nicht schneller erkannt? Er hat bestimmt mehr als 20 Mädchennamen genannt ... Wer da wohl alles so infrage gekommen ist ...? Na ja, aber zwischendurch – als ihre Hände von seinen Augen verrutscht waren – hat er mich auch ganz kurz verzweifelt angeguckt, so als sollte ich ihn retten oder so ... Das war ganz süß ... wieder so ein tiefer Blick zu mir.

Oh Mann. Übermorgen ist wieder Probe.

Kussprobe? Dann definitiv Herzbibbern!!

Wir haben jetzt ein Logo!

So ein richtiges, obercooles, witziges Kakao-Katzen-Logo.

Gleich nach der Schule haben wir uns heute im Schuppen getroffen, um die Segel für das Bühnenbild zu schneiden. (Das wollen wir gleich morgen bei der Kussprobe ausprobieren. Da sollen Liam und ich zum ersten Mal zwischen den Segeln stehen und uns quasi *küssen.* Schockschwerenot – hoffentlich werde ich nicht über Nacht noch krank ... oder vielleicht lieber doch ...?!☺)

Na ja, und als wir mit den Segeln fertig waren, da haben Laila und ich schnell Franzi und Mila unsere Logo-Ideen gezeigt. Und dann ging es rund! Zu viert hatten wir so viele Einfälle, dass wir am Ende etwas richtig Witziges hatten.

Das müssen wir im Laufe der nächsten Tage (oder Wochen?) nun nur noch auf unser Geschirr malen, dann sind wir unserem Café-Traum schon wieder ein Stückchen näher ... Check!

KAPITEL 13

Ich bin total im Eimer.

Eben vor der Probe bin ich noch mal schnell in den Schuppen geschlüpft – und jetzt das. Hier herrscht totales Chaos. Kissen liegen auf dem Boden, unser Logo ist zerfetzt. Und drei Wolllichter sind zerbrochen. Lauter Scherben, in die ich fast reingetreten wäre.

Was soll das?

Die verschwundenen Sachen von neulich sind auch nicht wieder aufgetaucht, aber das hatte ich bis eben ganz gut verdrängt gehabt.

Ich habe doch ein ganz neues Vorhängeschloss davorgesetzt!

Wer hat denn, außer mir, Mama und den Kakao-Katzen, sonst noch einen Schlüssel?

Niemand, soweit ich weiß …

Echt toll.

Und nun?

Nun muss ich schnell zu einer mega-aufregenden Probe rennen, die eigentlich superschön werden sollte, aber ich habe dauernd nur dieses Bild hier im Kopf.

Shit.

Jetzt geht echt nichts mehr.

Ich durfte heute nicht mal mehr proben!

Nein, wirklich!

Ich *durfte* nicht mehr!

Als ich mit klopfendem Herzen und in letzter Minute durch die Aulatür gerannt kam, stand da schon Laila auf der Bühne. Eine Gesichtshälfte noch etwas gelb, aber sie konnte schon wieder lächeln. Wenn auch noch etwas schief.

Es war ganz klar abgesprochen, dass ich heute noch einmal die Probe übernehme, bis ihr ganzes Gesicht wieder in Ordnung ist und sich »gleichmäßig« bewegen lässt.

Außerdem hatte ich ihr gestern erst erzählt, dass ich heute total gerne gleich die Segel ausprobieren wollte. (Und Laila weiß auch, dass ich Liam richtig spannend finde! Das habe ich ihr ebenfalls gestern unter dem Siegel der Verschwiegenheit anvertraut.)

Und jetzt das!

Matteo kam mir gleich entgegen und brummelte nur so leise vor sich hin: »Hi, Luv, ich hoffe, das ist okay für dich. Laila ist wieder einigermaßen fit und würde gerne heute schon übernehmen. Sie hat Angst, sonst nicht mehr genug Zeit zum Üben bis zur Aufführung zu haben.«

Hm ... Als würde es jetzt genau auf *die eine* Probe ankommen! Ob sie Liam auch toll findet und Angst hat, er könnte sich in mich vergucken? Na, das ist ja 'ne schöne neue Freundin.

Sorry, aber ich bin ziemlich sauer!

Ich bin sofort wieder rausgestürmt. Ein Wunder, dass ich dabei nicht noch gegen einen der Aula-Pfeiler gerannt bin. So richtig gut sehen konnte ich nämlich nicht, dafür war mir zu viel Wasser in die Augen geschossen …

Langsam werde ich ein bisschen peinlich – noch peinlicher als sonst … Aber wie sagt Lavinia immer? »Besondere Umstände erfordern besondere Maßnahmen.«

Und deshalb habe ich den Samstagnachmittag dazu genutzt, mich auf die Lauer zu legen und aus dem Gebüsch heraus den Schuppen zu beobachten. Um vielleicht jemanden auf frischer Tat zu ertappen. Einerseits habe ich natürlich gehofft, dass sich das Rätsel um die merkwürdigen Ereignisse im Schuppen und unsere verschwundenen und zerstörten Sachen endlich lösen wird. Andererseits hatte ich auch so richtig Angst, wirklich jemanden zu erwischen … Eigentlich konnte es doch nur eine der Kakao-Katzen sein, oder? Ich meine, Mama würde es ja wohl nicht sein.

Und am allermeisten Angst hatte ich, dass es Laila sein könnte. Sie ist mir bereits so richtig ans Herz gewachsen: Sie hat mir ganz viel Mut gemacht, die spannende Rolle übergangsweise anzunehmen, wir lachen über dieselben Sachen, lieben Basteln und Handwerkern, und sie lächelt mich immer genau im richtigen Moment an – immer dann, wenn ich gerade wieder beginne, mich einsam zu fühlen …

Aber nach Lailas Aktion gestern auf der Bühne bin ich mir plötzlich doch nicht mehr so sicher mit ihr …

Tja, was soll ich sagen: Ich habe da zwar zwei Stunden

lang hinter der Hecke am Gartenende gehockt, aber außer einer Igelfamilie und zwei Eichhörnchen ist niemand vorbeigekommen. Hätte ich mit meinen Kopfhörern dabei nicht noch ein paar YouTube-Videos angesehen, was man beim Anstreichen von Schuppen beachten muss und welche Farbe sich eignet, dann hätte ich vor Langeweile und Ärger wahrscheinlich noch in die Buchenblätter der Hecke gebissen ... Blöde Situation! Ich will doch eigentlich nicht meine Kakao-Katzen verdächtigen. Schnief!

Den ganzen Sonntag über wusste ich nichts Richtiges mit mir anzufangen. Obwohl ich doch noch so viel Schönes am Schuppen hätte tun können. Aber meine Konzentration war gleich null. Und ich habe wohl fünfzig Mal eine WhatsApp-Nachricht für Laila formuliert und im letzten Moment den Text dann doch immer wieder komplett gelöscht. Bin gerade irgendwie handlungsunfähig. Kann nur in meinem Sessel im Schuppen hocken und Spoby und Rosewood streicheln ... Mir fällt nicht mal mehr eine gute Liste ein ... Das will echt was heißen ...! So ein Shit!

Am Montag in der Pause habe ich Laila dann einfach von meiner »Hecken-Aktion« vorgestern erzählt. Sie war total entsetzt, dass ich wirklich die Kakao-Katzen und damit ja sogar *sie selbst* verdächtige! Und obwohl ich immer wieder beteuert habe, dass ich mir das von ihr sowieso nicht hatte vorstellen können, blieb sie in der Schule noch eine ganze Weile grummelig.

Gut, dass ich auf dem Heimweg die Idee hatte, sie für den Nachmittag auf einen Kakao und zum Bühnenbild-Weiterbasteln in den Schuppen einzuladen. Sie hat mir dann auch noch erklärt, dass sie wegen der Aufführung schon in fünf Wochen wirklich etwas Panik hat und dass ich bitte nicht böse sein soll, dass sie deshalb schon wieder die Proben übernehmen wollte. Das hat mir so gutgetan, das noch einmal von ihr direkt zu hören.

Und dann hat es mir super, super gutgetan, mal wieder in Ruhe zu Musik und Kakao mit ihr zu basteln. Wir haben zusammen aus grauem dickem Stoff eine lange Burgmauer mit Zinnen geschnitten, die im ersten Teil des Theaterstücks eingesetzt wird. Dabei haben wir die abstrusesten Ideen entwickelt, wer der »Zerstörer« in unserer Werkstatt sein könnte …

CHECKLISTE 22

1. Der alte Hausbesitzer – und er kennt eine Geheimtür im Schuppen …?
   Wohl kaum! Die würden wir doch auch kennen! Wir sind hier ja eher nicht bei Harry Potter nach dem Motto: Tür eineinhalb, für die meisten unsichtbar …
2. Oder unser Nachbar hat meine Mutter in ein Gespräch verwickelt, ihr dabei heimlich den Schlüssel

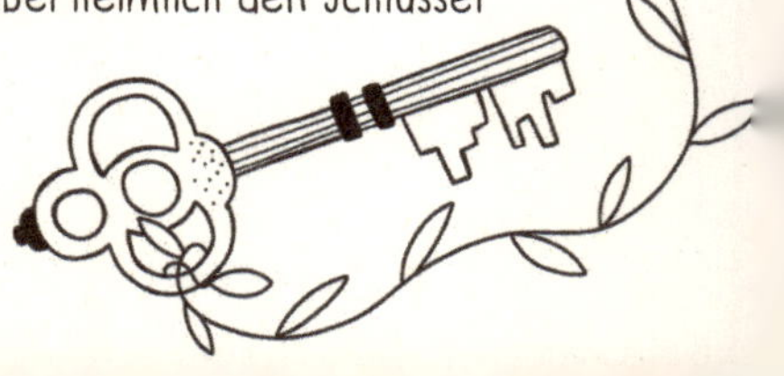

entwendet und sich einen Nachschlüssel machen lassen …? – Hm, na ja, Herr Dr. Schmidt ist zwar selten supergelaunt, aber kriminell wirkt dieser Lungenfacharzt eigentlich nicht …

3. Oder Lailas Vater wollte sich doch noch einmal für unsere Sabotage mit einer anderen Sabotage rächen und hat zu diesem Zweck Laila nachts den Schlüssel geklaut …?
Hm, ist bestimmt nicht Herrn Zassemanns Art. Außerdem hat er dafür echt zu viel zu tun … neue Lebensgefahren entdecken und ausprobieren zum Beispiel …

4. Oder Liam hat jemanden von unseren Gästen neulich – Nicki, Carla oder Lil – beauftragt, an einen Schlüssel zu kommen, damit er sich mal ein bisschen umsehen kann, um mehr über mich zu erfahren. Und dabei sind ihm aus Versehen Sachen kaputtgegangen …?
Na ja, also, das ist ganz eindeutig verknalltes Wunschdenken von mir … und so ein Trampel ist Liam ja echt nicht, dass er dabei die Hälfte zerstört. Außerdem wirkt er überhaupt nicht schüchtern und

wie jemand, der es nötig hat, Sachen hintenherum zu machen ... eher wie einer, der es gewohnt ist, zu zeigen, was er will. Oder?
Laila hat bei dem Thema Liam allerdings nicht viel gesagt, sondern mich nur lange so merkwürdig angeguckt, dass ich mich weiterhin frage, ob sie auch heimlich in ihn verliebt ist ... Würde sie es mir denn sagen, wenn es so wäre?
Manchmal ist sie auch ganz schön verschlossen.

5. Oder jemand aus unserer Klasse ist neidisch, weil wir das schöne Bühnenbild-Projekt ergattert haben und unser Klassenlehrer Herr Jung das schon mehrmals ganz stolz erwähnt hat ...? Dass das »gesamte Bühnenbild für das wichtige Jubiläums-Theaterstück ja diesmal tatsächlich von einer Crew aus *unserer* Klasse kommt«.

Ach, was soll's.

Schließlich haben Laila und ich es aufgegeben, wild herumzuspekulieren, uns noch einen Kakao gemacht und die Musik lauter gedreht.

Am Ende haben wir dann allerdings doch noch einen Plan geschmiedet. Wir fanden, dass wir ganz wunderbar zwei Fliegen mit einer Klappe schlagen könnten. Und zwar so:

1. Wir laden am kommenden Mittwoch endlich, wie schon länger geplant, Nicki, Carla und Lil zu einem neuen Kakao-Bastelnachmittag ein und stellen zu siebt die heiß ersehnten Lampionketten für die Terrasse her.

Und ...

2. ... ganz nebenbei beobachten Laila und ich die anderen, ob uns etwas verdächtig vorkommt. Ob sich zum Beispiel eines von den Nicht-Kakao-Katzen-Mädels schon viel zu gut auskennt im Schuppen und bei den Bastelschubladen oder so.

Oh Mann, irgendwie auch ätzend! Ich hasse so misstrauische Gefühle! Aber ich habe einfach keine Lust, dass noch mehr kaputtgeht! Und das Gefühl, dass da jemand dabei ist, dem man nicht vertrauen kann, ist schon fies. Da muss jetzt was passieren!

KAPITEL 14

Habe ich ja noch nie gemacht, so was.

Eine schöne Atmosphäre inszenieren und dabei unauffällig die Leute beobachten. Will ich auch lieber nicht mehr so oft machen müssen in meinem Leben, fühlt sich richtig schlecht an. Umso mehr, wenn man die Leute echt mag. Also, nix mit späterer Agenten-Laufbahn: Luv000 heute wieder ganz undercover im Einsatz ... ☺ Aber vorhin hat es sich ein bisschen so angefühlt – leider!

Wir haben gelacht, gebastelt (Schirmchen für zwei coole, lange Lampionketten[7] sind dabei rausgekommen, die nur noch trocknen müssen!), viel Kakao mit Zimt getrunken und uns über die Fridays-for-Future-Demos die Köpfe heiß diskutiert. Eigentlich finden wir alle toll, dass da auf einmal so eine Riesenbewegung entstanden ist – aus dieser einen kleinen Aktion von Greta Thunberg, die am Anfang nur so mit ihrem kleinen Plakat vor dem schwedischen Parlament gehockt hat und ihre Schule für unser Klima bestreikt hat. Und jetzt ist das Ganze so eine globale Bewegung gewor-

7 Anleitung hinten in meinem Ideenbuch

den, und immer freitags gehen zurzeit in Hunderten Städten auf der ganzen Welt die Schüler zum Teil nicht zur Schule, sondern auf die Straße und protestieren dafür, dass sich die Politik endlich an den wissenschaftlichen Erkenntnissen orientiert. Und da ist einfach eine große Veränderung nötig, um den Klimawandel abzuschwächen.

Und Greta selbst ist jetzt so eine Ikone der Umweltbewegung geworden ... schon stark!

Und wir? Was machen wir? Also, Laila, Nicki und ich, wir haben beschlossen, dass wir gleich kommenden Freitag mitprotestieren werden, wir machen uns nämlich langsam auch Sorgen wegen des Klimas und der ganzen Folgeschäden. Und wir wollen das ausnahmsweise unseren Eltern erst hinterher erzählen, sonst versuchen die am Ende noch, uns davon abzuhalten – wegen Schule schwänzen und so ... Wir müssen dafür nämlich extra nach Kiel fahren ... Da ist die nächste große Demo von uns aus. Allein die Anfahrt dauert schon eine halbe Stunde, aber das ist es wert. Hoffen wir. Nickis großer Bruder fährt auch hin, der studiert da sowieso und kann ausnahmsweise das Elektroauto seines Vaters ausleihen. Mit Bus und Bahn wären wir erst abends wieder da, und wie soll ich das zu Hause erklären ...? Wir wollen außer Müll trennen, Plastik vermeiden und Upcyceln (ja, auch deshalb liebe ich mein Basteln!) einfach noch mehr beitragen ...

Obwohl ich bei diesen Heimlich-Sachen eigentlich immer Bauchweh kriege ... aber ich muss da jetzt mal hin ...

Ich habe gerade das Gefühl, dass meine Listen mich eher

dazu bringen, immer mehr zu machen. Weil die Dinge, wenn ich sie erst aufgeschrieben habe, also nüchterner betrachtet, oft sogar noch viel wichtiger wirken …

Ja, genau, die Liste zu den Fridays-for-Future-Demos, die ich schnell nebenbei für uns angefertigt hatte, sah nämlich so aus:

CHECKLISTE 23

1. Müssen wir wirklich was fürs Klima tun? Ja.
2. Können auch wir was tun? Sieht so aus.
3. Finden wir Leute gut, die nur so vor sich hin basteln, ohne hochzugucken, egal, was mit der Welt passiert? Auf keinen Fall.
4. Glauben wir, dass momentan im Bereich Klima schon genug passiert? Eindeutig: Nein.

Deshalb sind wir zu dem Schluss gekommen, dass wir auch durch einen Streik mal zeigen müssen, was uns wichtig ist.

Aber wo soll das für mich selbst bitte hinführen, wenn ich jetzt plötzlich – zumindest gefühlt – überall mit herumhüpfe …?!

Und das Schärfste ist ja, dass ich, noch während ich eine Heimlich-Aktion am Laufen hatte (Mädchen hinsichtlich

»Zerstörer-Indizien« beobachten) eine weitere Heimlich-Aktion (Schule schwänzen, um nach Kiel zu fahren) geplant habe.

Oh Mann!

Die Beobachtungen und Analysen (jetzt höre ich mich doch schon an wie eine Agentin …) der ersten Heimlich-Aktion lassen sich übrigens in folgender Checkliste zusammenfassen:

checkliste 24

1. Lil kennt sich in den Wollschubladen auffallend gut aus. – Vielleicht aber auch nur, weil sie so ein Woll-Freak ist?
2. Franzi fotografiert dauernd schöne Sachen im Schuppen. – Vielleicht allerdings nur, um sie auf ihren Social-Media-Kanälen zu posten? Einige davon sind schon bei ihr drauf.

3. Nicki meinte, sie wäre voll neidisch, dass ich so tolle Ideen zum Upcyceln hätte. Hätte sie auch gerne. Neid als Motiv? – Aber würde ein »neidischer Zerstörer« seinen Neid laut herausposaunen? Wohl kaum.

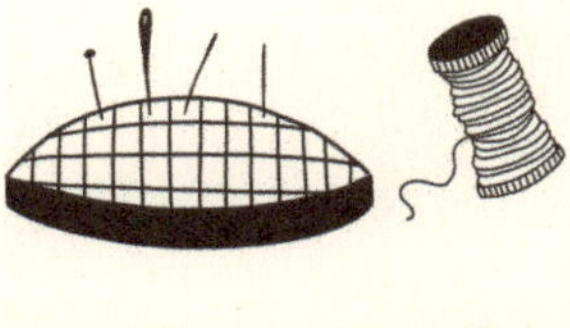

4. Carla hat uns viel Kakao gekocht und immer von der »so gemütlichen Atmosphäre in der Hütte« geredet. Wollte sie von schwierigen Taten in der letzten Zeit ablenken? – Auch zu weit hergeholt.

5. Laila hat die ganze Zeit die anderen unauffällig mitbeobachtet, das habe ich genau gesehen. Entweder kann sie sich grandios verstellen, oder sie sucht einfach wirklich genauso fieberhaft wie ich nach dem Verursacher …
6. Mila hat gar nicht hochgeguckt, weil sie sich dauernd bei den Lampions verklebt hat … Hm, oder konnte sie uns nicht so gut angucken, weil sie vielleicht ein schlechtes Gewissen hat? – Nein, das kann auch nicht sein: Jetzt ist man schon verdächtig, weil man eben gerade nichts Verdächtiges macht …?!

Na, Halleluja!

Es reicht, Luv. Die bekloppten Listen helfen dir nicht.

Vielleicht bist du es ja selbst …?!

Haha! Ich gehe jetzt wohl besser mal ins Bett, bevor ich noch mehr Dünnsinn verzapfe.

Good nighty, Agent Schneewittchen 000!

Fridays for Future! Der absolute Hammer!

Endlich habe ich auch mal Farbe bekannt und gezeigt, dass es so nicht weitergeht mit der Klimapolitik! Und unglaublich, wie viele Schüler dafür auf die Straße gegangen sind. Mit Sprechchören wie »Ist doch klar, die Zukunft ist solar!« oder »Wir alle wissen, CO_2 ist beschissen!« Ich war wirklich beeindruckt. Am besten fand ich das Plakat »There is no planet B!«. Genau!

Laila und Nicki waren auch ganz ergriffen, und wir haben abgemacht, dass wir hier immer wieder mitmachen müssen – für Planet A nämlich. Vielleicht nicht jeden Freitag, wir wollen auch nicht zu viel Ärger mit der Schule oder unseren Eltern riskieren. Aber immer, immer wieder, bis sich wirklich was ändert.

Und dann gab es am Ende auch noch den großen Aufreger für mich. Wir standen gerade vor der Bühne, auf der eine Band einen voll schönen Abschlusssong spielte, da rief plötzlich jemand: »Ey, da sind doch die beiden Schneewittchen!«

Als ich mich umdrehte, standen da vier Reihen hinter uns Liam, Matteo und noch vier anderen Jungs. Liam winkte rüber, und Matteo wurde rot (dem ist Liam mit seiner offenen Art manchmal peinlich, glaube ich). Laila ist gleich hin und hat kurz mit ihnen geredet. Da ist sie ja echt unerschrocken. Aber wahrscheinlich hat sie recht. Immerhin kennt sie die beiden durch die Theater-AG ja auch schon etwas länger. Liam hat sie so charming angesehen, da hat es mir einen richtigen Stich versetzt. Aber Matteo hat dann auch gelacht, und da wusste ich, dass Laila nur was Witziges gesagt hatte und dass Liam eben von sich aus oft so sehr charmant guckt, ich glaube, dafür kann der gar nichts. Seufz ...

Laila wollte mich auch rüberwinken, aber ich habe so getan, als würde ich das nicht sehen, und habe einfach weiter zu der Musik gewippt. Spontane Treffen mit Jungs, bei denen mein Herz rast, wenn sie mich nur angucken, kann ich einfach nicht so gut.

Laila hat danach erzählt, dass Liam und Matteo zusammen mit den anderen Jungs bis abends in Kiel bleiben wollen, weil da ein Poetry-Slam in der »Fabrik« stattfindet und *sie beide teilnehmen*!! Bei der Info wäre ich ja fast aus den Latschen gekippt.

Echt jetzt, beide können dichten? Und treten damit sogar auf? Da habe ich mich doch noch einmal umgedreht und die beiden kurz heimlich beobachtet. Aus Matteo werde ich sowieso nie ganz schlau. Der sagt immer wenig, aber wenn, dann passt das erstaunlich gut, trifft den Kern der Sache irgendwie. Vielleicht kann der wirklich Gedichte – vielleicht aber auch nur halb gut, keine Ahnung ... Und Liam? Ja, den stelle ich mir ja unheimlich lässig und charmant dabei vor. Der passt einfach auf die Bühne. Die Mädchenherzen werden schmelzen. Ich würde da auch gerne mal schmelzen. Vielleicht kann Laila ja herausfinden, ob sie so was in nächster Zeit mal wieder planen. Wenn ich das fragen würde, fände ich das echt zu auffällig.

Hm, auffällig hin oder her. Ich glaube, ich muss jetzt einfach auch mal mehr auffallen. Jedenfalls Liam.

Vielleicht brauche ich jetzt mal eine Checkliste dafür. Mit Checklisten werde ich doch immer so erstaunlich aktiv in letzter Zeit. Also her damit.

Die große Frage ist: Wie lerne ich Liam näher kennen?

CHECKLISTE 25

Variante a)

Ich stolpere in der Pause und schlage der Länge nach vor ihm hin. Er hilft mir und dann ... und dann ...

Keine Ahnung!

Nee, wie blöd kann man sein?! Auf keinen Fall!

Variante b)

Ich gebe Laila einen Zettel für ihn. Den kann sie ihm nach der Probe geben. Darauf steht so etwas in der Art wie:

Treffen morgen um 16 Uhr in der Eisdiele »Kalte Herzen«?

Das Luv-Schneewittchen

Na ja, selbst wenn er Ja sagt, traue ich mich da doch gar nicht alleine hin.

Variante c)

Okay, dann muss ich vielleicht Laila fragen, ob sie mal mitkommen würde. Ins Eiscafé oder so …

Variante d)

Ich warte doch lieber, bis Lavinia kommt.

Okay, ich nehme d). Wie immer die Lösung mit Lavinia.

KAPITEL 15

Jetzt hat *er* mir geschrieben. Kann es kaum glauben!

Gestern am Nachmittag, gerade als ich auf der Bühne zusammen mit Laila und Mila die »antiken Säulenreste« für das Theaterstück angestrichen habe, kam eine WhatsApp-Nachricht bei mir rein.

»Ey, Schneewittchen, bist du etwa Klima-Aktivistin? Liam«

Oh Mann, woher hat der meine Handynummer? Hätte danach fast die Bühne statt der Säulenreste weiß angemalt.

Ich habe die ganze Zeit beim weiteren Streichen darüber nachgegrübelt, was ich bloß antworten könnte. Aber ich konnte gar nicht klar denken, weil sich immer wieder nur eine Frage in den Vordergrund geschoben hat: Warum schreibt er mir?

Herzbibbern.

Laila hat mich schon immer so ganz komisch angeguckt – sie hat mal wieder gemerkt, dass ich in einer merkwürdigen Stimmung war. Aber ich habe mich nicht getraut, ihr was zu erzählen. Sie hätte das bestimmt alles wieder ganz unkompliziert gefunden und sich nur über mich gewundert, warum ich so ein Theater darum mache. Und weil ich nicht weiß, wie sie wirklich zu Liam steht – *ihre* Kussszenen-Probe hat neulich nämlich erstaunlich echt ausgesehen! –, weiß ich auch nicht einmal, ob ich ihren Tipps in dieser Beziehung so ganz trauen kann. Ich sehe schon, ich muss doch dringend mal richtig mit ihr reden. Ich will ihr vertrauen. Aber dafür müssen wir reden.

Kurz vor dem Einschlafen habe ich Liam dann doch noch geantwortet. Weil ich es auch irgendwie uncool fand, gar nichts zu schreiben. Schon wieder so megaschüchtern irgendwie.

Also habe ich einfach ganz ehrlich geschrieben:

»Na ja, ein bisschen Klima-Aktivistin wahrscheinlich. Und sehr am Thema interessiert. Solche Aktionen sind echt nötig, denke ich. LG Luv«

Tja, und hinterher habe ich mich natürlich gefragt, ob das zu offen war. Was heißt überhaupt »ein *bisschen* Klima-Aktivistin«? Ob er mich verstehen kann?

Er hat mich wohl nicht verstanden. Jedenfalls hat er in den letzten drei Tagen nicht geantwortet. Lavinia würde sagen: »Nun warte mal ab, du weißt gar nicht, warum nicht. Vielleicht ist er auch langsam selbst schon ganz aufgeregt, wenn er mit dir zu tun hat. Vielleicht denkt er noch über eine möglichst tolle Antwort nach, um dich zu beeindrucken.«

Na, ich weiß nicht. Gar keine Antwort zu bekommen ist eigentlich eher bester, sehr bekannter Luv-Style.

In den letzten Tagen ist trotzdem viel passiert:

Wir, die Kakao-Katzen, haben ganz viel am Bühnenbild gebaut (nur noch drei Wochen bis zur Aufführung), meine Mutter hat das Schwänzen letzten Freitag herausgefunden und war schwer enttäuscht, weil ich ihr nichts davon erzählt habe. Deshalb hat sie mich zu einer »Strafarbeit« verdonnert: Ich musste im Garten Laub harken. Na ja, das mache ich echt nicht gerne. Aber diesmal war es anders. Denn als ich ganz hinten im Garten beim Einfüllen der Blätter in den Laubsack war, kamen Laila und Matteo ganz selbstverständlich vorne in unseren Garten hineingeschlendert und sind schnurstracks zu unserer Hütte gegangen, ohne mich zu bemerken. Laila hat aufgeschlossen und drin waren sie.

Ich habe den Mund gar nicht mehr zubekommen vor lauter Überraschung. Tausend Gedanken ratterten durch meinen Kopf. Wieso hatte Laila das nicht mit mir abgesprochen? Hatten die beiden etwa was mit den Zerstörungen zu tun? Oder waren sie vielleicht heimlich zusammen und trafen sich hier? Mir fiel schon wieder auf, wie wenig ich eigentlich von Laila wusste – sie konnte ähnlich verschlossen sein wie Matteo. Beide redeten echt keinen Mist. Wenn sie was sagten, meinten sie es eigentlich auch zu hundert Prozent so. Und deshalb sagten sie manchmal vielleicht auch etwas weniger ... Wie passte das denn aber zu ihnen, hier heimlich herumzuschleichen?

Gerade, als ich meinen ersten Schreck überwunden hatte, Harke hingelegt, Gartenhandschuhe ausgezogen, und zum Schuppen stapfen wollte, um mit ihnen zu sprechen, kamen sie schon wieder heraus und gingen eilig davon. Das Rufen ihrer Namen ist mir im Halse stecken geblieben. Typische Luv-Schockstarre. Langsam bin ich dann zum Schuppen und habe mich darin gründlich umgesehen. War irgendwas verändert? Fehlte was? Gesehen habe ich jedenfalls nichts. Ich nahm mir fest vor, sie am nächsten Tag zu fragen!

Matteo ist so ein bisschen nervös geworden, als ich ihn gleich heute Nachmittag beim Bühnenbau darauf angesprochen habe. Obwohl er doch sonst die Ruhe selbst ist – Regie führt er jedenfalls echt gelassen. Er hat irgendwas von »Wir brauchten eigentlich noch grauen Stoff für das Burgbühnenbild«, gemurmelt und »Laila dachte, das finden wir schnell ohne dich, du hättest Hausarrest oder so«.

Na toll, wie stehe ich denn jetzt vor ihm da? Musste Laila das unbedingt erzählen, dass ich Ärger mit meiner Mutter hatte?

Und Laila erklärte mir dann, dass sie mich nicht hatte stören wollen wegen so einem Pillepalle und dass Matteo sie gestern nach der Probe um den Stoff gebeten hatte und da hatte sie sich gar nichts dabei gedacht. Und weil sie keine Lust gehabt hatte, ihm den zu bringen, ist er gleich mitgekommen, um ihn quasi mitzunehmen.

Hm, hört sich eigentlich gar nicht so unlogisch an. Ich weiß auch nicht, warum so eine kleine Portion Misstrauen in mir geblieben ist.

Was soll man eigentlich dazu sagen, wenn die eigene Mutter einen fragt, ob man etwas mit den *Zerstörungen im Garten des Nachbarn* zu tun hat?

»Ja, klar, Mama, ist meine Leidenschaft, durch die Gärten zu ziehen und kaputt zu machen, was so geht!«

Ob da vielleicht was schiefläuft mit meiner »Bande« oder so?

»Ich weiß es nicht, Mama.«

Aber ich habe deshalb auch Bauchweh.

Unser Nachbar Herr Dr. Schmidt ist wohl ziemlich aus dem Häuschen, weil sein ganzes Blumenbewässerungssystem gestern zerstört wurde. Er hatte sich da selbst kleine Schläuche gebaut, die in jedes Beet führen. Damit braucht er auf der Terrasse nur den Wasserhahn aufzudrehen, und alles wird ratzfatz bewässert. Sehr praktisch natürlich, eigentlich. Aber nun ist es kaputt.

Nur, wieso hat der denn jetzt *uns* im Verdacht?

Wir würden da ziemlich oft im Schuppen rumlungern mit tausend Leuten, und ganz leise wären wir auch nicht immer. Und, wer weiß, was für Typen da immer so dabei wären …

Na toll. Aber hatte ich Herrn Dr. Schmidt nicht auch schon einmal fast verdächtigt, bei uns was kaputtzumachen? Dann sind wir jetzt ja quitt.

Von wegen quitt.

Mama meint, ich solle meinen Schuppen mal für eine Weile für andere sperren, jetzt seien auch noch alle Glaslaternen auf der Terrasse von Herrn Schmidt zerstört worden, und er sei stinksauer. So etwas habe es hier nicht gegeben, bevor wir eingezogen seien.

Danke, sehr nett!

Ich kann den Schuppen doch nicht für meine Kakao-Katzen sperren!

Ich muss dringend mit ihnen sprechen …

Heute wollte ich die Kakao-Katzen gleich nach der Schule zu einer außerordentlichen Sitzung ins Kakao-Café bitten, da kam eine WhatsApp-Nachricht rein. Schnappatmung! Von Liam!

»Laila kann in dieser Woche nicht zur Probe kommen – muss noch zum Letzte-Fäden-Ziehen. Matteo will ihren Teil dann weglassen. Hättest Du nicht Zeit, diesen Donnerstag noch mal einzuspringen? Da wäre eigentlich noch einmal die Kussszene dran, und ich finde, dass wir da noch überhaupt keinen Plan haben, wie wir gut stehen können – und die Aufführung naht! Du bist schon eingearbeitet. Donnerstag, 18.30 Uhr?

LG Liam«

Warum hat mir Laila das denn nicht erzählt? Nichts lieber als das! Matteo hätte mich ja auch mal fragen können, gerade heute in der Pause hat er mir noch geholfen, die antiken Säulen, deren Farbe jetzt getrocknet ist, in der Requisite zu verstauen. Hat er es da noch nicht gewusst? Grummel. Niemand scheint mich hier ernst zu nehmen.

Außer Liam allerdings! Wage mir kaum vorzustellen, ich könnte die Probe in drei Tagen wirklich machen ... LIAM HAT MICH GEFRAGT!! Von sich aus. Das scheint ganz allein seine Idee gewesen zu sein ...

Na ja, und über dieser ganzen Aufregung und dem Grübeln sind mir die Kakao-Katzen nach der Schule entwischt.

Dann frage ich sie eben morgen. Morgen müssen wir eh noch dringend was zusammen für das Bühnenbild machen.

KAPITEL 16

Heute kommen die Kakao-Katzen gleich nach den Hausaufgaben zu mir. Sie bringen mir eine Box mit, bei der wir nur sagen, was wir für Songs hören wollen, und dann spielt sie es. Dafür haben alle Kakao-Katzen zusammengelegt und auch gleich noch so ein kleines Monatsabo bei einem Musik-Streaming-Dienst abgeschlossen, sodass wir ab jetzt eine gigantische Songauswahl haben. Sie meinen, ich würde ja sonst schon die ganze »Ausrüstung« für unser Café stellen, da wollten sie sich auch mal beteiligen. Und dann könnten wir unsere Musik mal lauter als nur durch die Handylautsprecher hören. Meine tollen Kakao-Katzen!

Gut, dass unser WLAN hier bis in den Schuppen reicht. Ich kann mein Glück kaum fassen! Die Box hat auch noch einen tollen Klang! Jetzt sind wir schon wieder ein Stück weiter in Richtung cooles Kakao-Café. Man kann sogar »Coffee-Shop-Musik« ansagen, und dann kommt so ein entspanntes Gedudel. Ich weiß nur noch nicht, wo ich die Box hinstellen soll. Sie müsste eigentlich etwas aus der Bastel- und Säge-Linie heraus … also am besten genau an die kurze Wand zwischen den beiden Sesseln – in die Café-Lounge sozusagen …

Da ist die Wand aber so dünn, dass man schlecht ein Regal aufhängen kann. Ich brauche eigentlich so ein kleines, hübsches Stehbord zwischen den Sesseln, dann könnte ich da die Musikbox reinstellen und bald auch unser Kaffeegeschirr und so. Na ja, irgendwann habe ich hoffentlich mal wieder ein bisschen Zeit dafür.

Zurzeit drängt der Bühnenbau noch ... in zweieinhalb Wochen ist immerhin schon die Aufführung, wir müssen uns jetzt echt sputen! Und für die gesamte letzte Szene fehlt uns noch das Bühnenbild: die Poetry-Slam-Bühne. Also müssen wir heute erst einmal graue Leitungsrohre auf schwarzen Stoff malen, für die Fabrik-Atmosphäre. Und dann sollten wir auch unbedingt mit dem Stehpult beginnen, das müssen wir nämlich leider selber aus Holz bauen. Das Holz habe ich am Wochenende schon mit meiner Mutter besorgt. Aber das ist noch echt Arbeit, das zu bauen. Ich würde die Bretter gerne schon hier zurechtschneiden und dann alles in den nächsten beiden Tagen mit den Kakao-Katzen in der Aula zusammenbauen. Denn das Rednerpult wird ganz schön groß und schwer, das bekommen wir sonst gar nicht mehr so leicht zur Schule transportiert.

Und so malen wir zu cooler Musik mit Textilfarbe und dickem Pinsel Leitungsrohre auf den schwarzen Baumwollstoff, was das Zeug hält. Das sieht richtig gut aus. Und weil wir zu viert sind, geht es auch einigermaßen schnell. Die Bretter sägen wir auch noch zurecht. Vier Stunden später sind wir so richtig zufrieden. Jetzt wollen wir noch einen schnellen Kakao zum »Anstoßen« auf unsere gute Arbeit trinken.

Und dabei passiert es dann. Ich dachte, es wäre ein günstiger Moment, um den Kakao-Katzen von dem Verdacht unseres Nachbarn und dem Misstrauen meiner Mutter zu erzählen. Daraufhin fragen sie mich, ob ich denn etwa auch glauben würde, dass sie oder eine von ihnen auch nur irgendetwas damit zu tun habe …

Und, na ja, ein bisschen druckse ich schon herum, und da werden sie alle drei so richtig sauer. So ein Misstrauen hätten sie in ihrer Bande noch nie gehabt, und so etwas wollten sie unter den Kakao-Katzen auch nicht haben. Ich könnte ja noch einmal drüber nachdenken. Sogar Laila ist beleidigt, obwohl sie doch selbst schon einmal mit mir auf Beobachtungsposten war. Aber sie meint nur: »Luv, das kann nicht dein Ernst sein. Ich dachte, das hätten wir schon längst geklärt. Das Ergebnis neulich ist doch wohl total klar gewesen …«

Und Mila sagt noch: »Wenn du wieder sicher bist, dass wir zu hundert Prozent vertrauenswürdig sind, dann kannst du dich ja bei uns melden. Aber ich glaube, wir können jetzt alle erst mal eine Pause gebrauchen. Bis dahin mach doch deinen Kram alleine!«

Dann packen sie stumm ihre Sachen und stürmen aus dem Schuppen. Und ich bin mal wieder in meiner berühmten Schockstarre. LUV – Leicht Unter Valium. Ich bin so perplex, dass mir wirklich überhaupt gar nichts einfällt. Die Gedanken rasen nur so durch meinen Kopf. Viel zu viele, um sie sofort sortiert zu bekommen.

Nur Laila dreht sich noch einmal um. »Ach, übrigens,

Luv! Liam hat mir erzählt, dass er dich gefragt hat, ob du übermorgen bei der Probe noch einmal für mich einspringen kannst. Ich kann dir nur eins dringend raten«, und dann wird ihre Stimme noch ein bisschen lauter, »lass es einfach bleiben!«

Ich bin so sauer. Und traurig. Im ersten Moment würde ich ihnen ihre Musikbox am liebsten hinterherwerfen. Und im zweiten Moment heule ich fast, während ich mir das Teil an die Brust drücke. So ein elender Schlamassel!

Oh Mann, wie kann ein und derselbe Tag gleichzeitig so schön und so scheußlich sein?

Jetzt liege ich im Bett und bin wieder so richtig wütend. Wieso hat denn keine von ihnen mein Misstrauen verstehen können? Es ist ja immerhin wirklich was passiert! Hier im Schuppen und beim Nachbarn ist so einiges verschwunden und kaputtgegangen! Man könnte ja wirklich fast denken, sie würden sich gegenseitig decken …

Am schlimmsten habe ich aber Lailas Auftritt gefunden. Ihr scharfes »Lass es einfach bleiben!«, klingt mir immer noch in den Ohren. Und das von ihr, die mich doch damals um diese Rollenvertretung gebeten hat. Mit Engelszungen hat sie mich dazu überredet, mir Mut gemacht, mich angefleht, ich sei genau die Richtige dafür und mir würde es vielleicht auch ganz guttun. Und das würde allen total helfen. Und so weiter.

Und jetzt das!?

Bin ich ihr da mit Liam irgendwie in die Quere gekommen? Aber könnte sie mir das denn nicht wenigstens mal vernünftig erklären? Das würde ich fair finden. Ich habe ihr doch immerhin auch verraten, dass Liam Herzstolpern bei mir auslöst.

Wie soll ich so denn jetzt schlafen können? Na gut, ich tapse noch einmal nach unten und mache mir eine heiße Milch mit Honig. Das hat meine Mutter mir früher oft gemacht. Ist angeblich nervenberuhigend. Hoffentlich wirkt es immer noch!

Vielleicht Honigmilch plus Lavinia? Mal versuchen:

»Hi Lavinia, bist du noch wach?«

Fünf Minuten später kommt diese WhatsApp-Nachricht zurück:

»Nee, ich schlafe schon tief und fest 😉! Tut mir leid, schreiben morgen fette Mathearbeit, und die letzte habe ich so was von vergeigt. Du weißt ja, ich und Mathe! Ich MUSS jetzt schlafen. Nix mit Mitternachts-Chat, leider. Danach schreiben wir Physik. Wäh! Aber lass uns übermorgen Abend schreiben oder telefonieren. Okay? LG Lavi«

Treffer, versenkt. Und die Honigmilch ist auch schon alle. Tolle Nacht.

Guten Morgen!

Alles tut mir weh.

Kann es sein, dass ich gestern meine Kakao-Katzen verloren habe? Jetzt, wo alles gerade so schön angefangen hat? Und Laila?

Und den Bühnenbildbau? Und das Kakao-Katzen-Café? Und gemeinsame Fridays-for-Future-Demos? Alles no future, oder was?

Und steckt Matteo da auch noch irgendwie mit drin? Was hat er neulich hier im Schuppen mit Laila wirklich gewollt? Das Ganze wird immer dubioser. Nur Liam scheint mir noch vertrauenswürdig. Der wollte immerhin, dass ich morgen noch einmal mitprobe. Der hat anscheinend kein Problem mit mir. Und da er den Schuppen überhaupt nicht kennt, ist er auch der Einzige, der wirklich gar nichts mit den Zerstörungen zu tun haben kann.

Oh nein, dabei fällt mir ein: Wir haben jetzt echt tierischen Zeitdruck mit dem Bau des letzten Bühnenbildes. In zwei Wochen soll schon die Probe mit dem *kompletten* Bühnenbild stattfinden. Umbau zwischen den Szenen beziehungsweise Stoffbahnwechsel im Hintergrund, Vorhang steuern und so – das muss ja auch alles geprobt werden!

Ob die Kakao-Katzen heute Nachmittag doch kommen, um die fertig gesägten Bretter mit mir in die Schule zu transportieren – so wie es eigentlich abgesprochen war? Mit Franzis Fahrradanhänger? Alleine kann ich es ja gar nicht schaffen!

Ich muss ziemlich verzweifelt ausgesehen haben, wie ich da so das eine Brett in die Aula geschleift habe. Knallrot und verschwitzt. Ja, genau. Keine einzige der Kakao-Katzen war um 16 Uhr erschienen, um das Holzmaterial für das Podest mit in die Schule zu bringen. Keine von ihnen war auch nur irgendwann im Laufe des Nachmittags noch aufgetaucht. Das mit der Pause schienen sie ziemlich ernst gemeint zu haben. (Ja, und ich mochte auch nicht fragen, zugegeben, der Stachel saß noch ...)

Wäre Matteo nicht da gewesen, der gerade mit den Leuten geprobt hatte, die die Philosophen in der antiken zweiten Szene darstellen, dann wäre ich vielleicht einfach auf meinem einen mühsam herbeigeschleppten Holzbrett sitzen geblieben und hätte eine Liste – in der Not eben mal auf meinem Handy – getippt.

So was in der Art:

1. Will ich je wieder ein Bühnenbild bauen? Nein!
2. Will ich je wieder anderen richtig vertrauen? Nein!
3. Halte ich mich für fähig, größere Projekte durchzuziehen? Nein!
4. Kann ich Banden? Nein!
5. Will mir irgendwer helfen? Nein!
6. Lohnt sich hier noch irgendwas? Nein!
7. Bin ich total allein? Jaaaaa!
8. Soll ich jetzt einfach alles kaputtschlagen, was wir bisher ....

Doch zu dieser Liste kam es dann ganz knapp doch nicht. Matteo hat mich nämlich nicht nur mitleidig angegrinst, als alle antiken Philosophen raus waren, sondern auch gefragt, ob er mir helfen kann. Und das nicht in so einem eklig gönnerhaften Ton, so nach dem Motto: »Na, Kleines, ist allein zu schwer, oder? Warte, ich rette mal alles ...« Ich weiß nämlich nicht, was ich dann gemacht hätte. Auch wenn ich manchmal sehr LUVig sein kann, meinen Stolz habe ich eben doch nicht komplett an der Garderobe abgegeben.

Nein, Matteo hat es ganz im Gegenteil sogar so dargestellt, dass mir erst der Mund offen stehen geblieben ist. So hatte ich es nämlich noch gar nicht gesehen. Und damit hat er mich zumindest vom Boden des finsteren Stimmungskraters auf mittlere Kraterhöhe gehoben.

Er meinte nämlich so etwas wie:

»Hey, die ganze Zeit habe ich schon das Gefühl, das, was ihr da beim Bühnenbild leistet, ist voll erste Liga, und so viel Mühe hat sich hier ja wohl noch niemand gegeben. Und schon gar nicht für *meine* Stücke. Und dass ich euch unbedingt mal helfen sollte, denn es ist ja offensichtlich, dass man die Menge kaum zu viert schaffen kann. Das Stück ist diesmal ziemlich aufwendig im Bühnenbild. Ich hab schon ein richtig schlechtes Gewissen, wenn ich nicht bald mal ein bisschen mit anpacken darf. Kannst du mir da helfen bei diesem schlechten Gewissen?« Und dann hat er sogar richtig sympathisch gegrinst.

Wie man mich kennt, habe ich erst einmal voll LUVig dagesessen und gar nichts gesagt. Aber in mir ist es eindeutig wärmer geworden. Plötzlich stand ich da wie jemand, der selbst helfen kann – Matteos schlechtes Gewissen entlasten. Wow! Und nicht mehr wie ein verzweifeltes, einsames Mädel auf einem komischen Holzbrett. Thanks! ☺

Warum Matteo nicht nach den anderen drei aus dem Team gefragt hat, verstehe ich allerdings nicht so ganz. Er muss sich doch gewundert haben, wieso ich jetzt gerade bei der besonders schwierigen Aktion ganz allein auftauche. Ob ihm Laila da schon was gesteckt hat? Überhaupt hat er immer wieder auch nach Laila gefragt oder gesagt, was sie meint und denkt und so. Werde das Gefühl nicht los, dass die beiden heimlich zusammen sind. Na, soll mir egal sein. Laila erst mal sowieso. Vielleicht ist sie mit Matteo zusammen, aber schielt in Wirklichkeit nach Liam. Äh, das wird ja immer unangenehmer. Und was Matteo in seiner Freizeit so tut, ist mir auch egal (wenn er es nicht gerade in meinem Schuppen tut!).

Jedenfalls hat Matteo mit einer Schubkarre(!), die er in der Requisite gefunden hat, mit mir zusammen die restlichen Holzbretter aus unserem Schuppen geholt, und damit sind wir dann die kurze Strecke zur Schule geeiert. Am Ende musste ich mich noch auf die Bretter setzen, damit die nicht immer runterrutschten. Wären die Umstände nicht etwas traurig gewesen, hätte ich mich wahrscheinlich kringelig gekichert, wie wir da so langgeschwankt sind.

Überhaupt ging es besser, als ich gedacht hatte, weil Matteo sich geschickter angestellt hat, als ich das von so einem Deutsch-Freak erwartet hatte. Er war zumindest nicht total unpraktisch veranlagt. Das war mir schon beim Schubkarrefahren klar geworden. Dafür, dass die Bretter und ich ein ordentliches Gewicht in dem kleinen Ding zusammengebracht haben, hat er uns zum Schluss sogar ganz souverän durch den Schilder-Wald vor der Schule gelenkt.

Beim gemeinsamen Bauen nachher merkte ich dann allerdings, dass er nicht nur kein Praktik-Nerd ist, sondern sogar richtig was draufhat – und zwar *auch* mit den Werkzeugen. Normalerweise lasse ich an meine teuren Geräte (alle Weihnachtsgeschenke der letzten Jahre) niemanden so gerne ran. Aber nachdem Matteo bei meinem Kantenschleifer gleich dieses merkwürdige neue Ruckeln repariert hat, habe ich einfach auch alle anderen Geräte zur freien Bedienung für ihn rübergeschoben. Das Abschleifen der Holzkanten haben wir dann abwechselnd erledigt, während der andere immer wieder vermessen und Löcher für die Schrauben gebohrt hat.

Und als wir gegen 20.30 Uhr angefangen haben, aufzuräumen und einzupacken, da stand unfassbarerweise schon das halbe Podest vor uns. Wir waren beide, glaube ich, ganz erstaunt darüber, wie gut wir Hand in Hand gearbeitet hatten, manchmal hatten wir nicht einmal viel sagen müssen.

Es ist ganz offensichtlich nicht das erste Mal gewesen, dass er was Größeres aus Holz gebaut hat. Und nett ist auch gewesen, dass er – genau wie Laila – die Angewohnheit hat, einem hin und wieder so einen zufriedenen Schmunzelblick zuzuwerfen, wenn das gemeinsame Bauwerk gut vorangeht. Laila und er passen wirklich gut zusammen – falls meine Vermutung stimmt!

KAPITEL 17

Okay, die Kakao-Katzen sind immer noch sauer. Gucken mich in der Schule nicht einmal an. Ist das nun das Zeichen, dass sie wirklich nichts mit den Zerstörungen zu tun haben? Oder sind sie so geschickt, dass sie das extra so durchziehen, damit sie weiterhin unschuldig wirken? Oh Mann, ich fühl mich bei diesen doofen Gefühlen ihnen gegenüber selbst ganz schlecht, so als würde ich auch etwas verbrechen.

Wer hat das noch mal gesagt: »Wut mit uns herumzutragen ist wie das Greifen nach einem glühenden Stück Kohle, um es nach jemandem zu werfen. Man verbrennt sich nur selbst dabei.« Wahrscheinlich war es Buddha, das ist so peacig. Ich glaube allerdings, das gilt nicht nur für Wut, sondern auch für Misstrauen. Gerade fühlt sich das so an. Das Plakat mit dem Spruch hing immer in dem Yogastudio von Lavinias Mom. Jetzt versteh ich das erst. Meine Gefühle glühen auch gerade bei mir durch, und ich fühle mich deswegen richtig schlecht …

Wie komme ich da wieder raus? Die Zerstörungen sind doch ein reales Problem!

Muss jetzt allerdings erst mal schnell für Englisch lernen –

schreiben morgen eine Arbeit bei der unberechenbaren Frau Lemminghorst – auch so ein Real-Problem … Und dann muss ich in die Aula rasen, um das Podest fertigzubekommen, sonst schaffen wir das alles nicht mehr vor der großen Bühnenbildprobe. Noch ein Real-Problem … Verfluchte Kakao-Katzen. Solche Im-Stich-Lasserinnen!

Wahnsinn, was Matteo und ich zusammen wegarbeiten können! In nur zweieinhalb Stunden haben wir das Podest fast fertig bekommen. Mir ist echt ein Stein vom Herzen gefallen, als er kurz nach meinem Eintrudeln heute auch wieder dazugekommen ist.

Zum ersten Mal seit Tagen habe ich mal wieder total herumgekichert, und das hat sich so erleichternd angefühlt nach dem ganzen Stress. Wahrscheinlich bin ich jetzt schon so durchgeeiert, dass ich über jeden Mist lachen kann, oder aber Matteo war echt witzig. So genau kann ich das gar nicht mehr beurteilen. Auf jeden Fall hat er von den Proben erzählt, und zwar von den witzigsten und misslungensten Szenen – eine hat er sogar nachgespielt. Die, in der Liam auf die Bühne eilt, um Laila darauf hinzuweisen, dass sie besser aufpassen und sich jetzt mal unbedingt total konzentriert bewegen soll. Und dabei stolpert er über einen der Schirmständer, die die Segel halten, und verheddert sich in einem der weißen Tücher und geht daraufhin, eingewickelt wie ein Rollmops, vor Laila zu Boden.

Ich hätte mich wegwerfen können, weil Matteo das auch so witzig nachgespielt hat (am Ende lag er vor *mir* 😊). Wir hatten echt Spaß mit dem, was im Film sozusagen die Outtakes wären – die rausgenommenen oder verhunzten Szenen. Die gucke ich mir bei Filmen hinterher auch immer so gerne an. Dann werden die Schauspieler auf einmal herrlich unperfekt und voll sympathisch ... Na ja, hier fand ich ausnahmsweise mal den Regisseur richtig sympathisch, weil er die Szene so witzig nachgespielt hat, aber trotzdem total augenzwinkernd und gar nicht abfällig dabei.

Ich glaube, im Prinzip ist Matteo ganz gutmütig, sonst könnte der gar nicht so geduldig mit allen arbeiten – das habe ich heute voll gemerkt.

Das Podest muss jetzt nur noch einmal überlackiert werden, dann ist es fertig. Das wollen wir morgen Nachmittag noch schnell schaffen. Jetzt ging es nicht mehr, weil Matteo gleich Probe hat und zwischendurch noch einmal schnell nach Hause musste.

Ich weiß, die Probe gleich ist nur für die Kussszene angesetzt, es ist die Probe, bei der Laila nicht kann und Liam mich per WhatsApp angefragt hat. Aus irgendeinem Grund mochte ich das Matteo eben gar nicht erzählen. Ich komme nachher einfach wieder her, und dann werden wir schon sehen.

Verwirrung komplett.

Nein, nicht wegen Liam. Der ist nämlich gar nicht gekommen! DER WAR KRANK! Und konnte deshalb gar nicht proben. Das hätte mir Liam ja wenigstens noch einmal schreiben können.

Jedenfalls bin ich natürlich hingegangen. Aber schon als

ich reinkam, habe ich gemerkt, dass irgendwas nicht stimmte. Matteo wirkte genervter als sonst. Und das schien auch nicht besser zu werden, als er mich sah. Eher im Gegenteil. Sein fast schon entsetztes »Was willst *du* denn jetzt hier?!«, klang jedenfalls überhaupt nicht einladend.

Und seine Stimmung wurde auch nicht besser, als ich etwas von »Liam hat mich gebeten, heute noch einmal einzuspringen« stammelte.

Wieso sind hier eigentlich alle so undankbar? Ich meine, ich reiße mir hier irgendwie ein Bein dafür aus, dass diese doofe Theateraufführung gelingt – springe als Hauptrollen-Ersatz ein, baue tausend Bühnenbilder –, aber alle scheinen mich eher lästig zu finden … Oder sagen mir nicht einmal ab oder erschrecken, wenn ich komme, oder, oder, oder …

HALLO?!! Was soll das?

Ja, und dann diese Sache mit der merkwürdigen Kussszene. Als ich da nämlich so überrascht im Aula-Türrahmen gestanden habe und es so aussah, als könnte nicht einmal der Regisseur etwas mit mir anfangen, da meinten die beiden Jungs aus der Neunten, die als »Wasserwellen« in der Kussszene die »Segelboote« langsam über die Bühne schieben: »Mensch, Matteo, los, jetzt mach *du* doch einfach mal eine Stellprobe mit Luv. Dann können wir noch einmal ausprobieren, wie nahe wir die Segel hinter euch herumschieben müssen und wie lange das Ganze dauern muss, damit ihr in der Zeit vorne eine vernünftige Kussszene hinbekommt – wahrscheinlich müssen wir uns damit ein bisschen Zeit lassen, sonst geht ja die ganze Romantik flöten! Komm, wir nehmen das hier mit meinem Handy auf und gucken es uns hinterher an, weil ja heute sonst keiner zum Zugucken da ist.«

Schluck. Wieso mit *Matteo*? Die Kussszene?! Kann der das überhaupt? Das waren so meine Gedanken. Aber klar, ein Regisseur muss ja zumindest auch wissen, wo er stehen muss, und vielleicht auch so ungefähr, was man in der Rolle macht. Fast wäre ich trotzdem gleich wieder rausgelaufen. Mühsam habe ich den Drang unterdrückt, zu rufen: »Sorry, muss mal! Und komme danach auch nicht wieder.«

Aber das wäre ja auch blöd gewesen. Nun hatte ich schon so oft da oben auf der Bühne gestanden, mit Liam, ohne Liam, bei Mutübungen mit Matteo, beim Bühnenbildbauen und so weiter. Warum sollte ich das jetzt hier nicht eben für eine Viertelstunde machen, wenn es allen half? Dachte ich so.

Also habe ich meine Füße Richtung Bühne geschoben und dabei gemerkt, dass Matteo mich nicht aus dem Blick gelassen hat. Hat der vielleicht überlegt, ob er das mit mir überhaupt machen will? Ich meine, ich bin eine tolle Bühnenbau-Partnerin und so. Und er ist sicher auch ganz dankbar, dass ich ein einigermaßen guter Laila-Ersatz gewesen bin. Aber vielleicht kam es ihm doch ein bisschen komisch vor, so eine Kussszene mit mir zu spielen.

Ich jedenfalls merkte, dass mir auch etwas merkwürdig zumute war. So, als sollte ich meinen Bruder küssen. Und da wurde mir plötzlich klar, dass Matteo und ich angefangen hatten, uns ein wenig anzufreunden. Wohl über das Mutmachen, das gemeinsame Bauen und das viele Lachen dabei. Außerdem hatte er mich gerettet, als die Kakao-Katzen sich plötzlich aus dem Bühnenbild-Team verpieselt hatten. Gut, ich hatte ihn ebenfalls »gerettet«, immerhin brauchte *er* ja das Bühnenbild so dringend. Also: gegenseitig gerettet.

All das dachte ich, als ich die Stufen zur Aula-Bühne hochstieg, mit gesenktem Kopf, so als würde ich aufs Schafott geführt. Und dann stand ich da oben. Mit hängenden Armen am Bühnenrand – sicher nicht wie eine anmutige Hauptdarstellerin, sondern eher wie die plumpe Handwerkerin, die aus Versehen auf die Bühne geraten war. Ein bisschen so war es ja auch. Und es half auch nicht gerade, dass Matteo sich immer noch nicht bewegt hatte, sondern mich weiterhin von unten anstarrte, als hätte sich gerade ein höchst merkwürdiges Bühnenutensil selbstständig gemacht und wollte jetzt die Hauptrolle spielen. Als sollte er gleich den Bühnenbesen küssen oder so. So guckte Matteo. Fand ich.

Und als »Wasserwelle« Thore ihn dann auch noch halb die Bühne hochschob mit den Worten: »Alter, ey, jetzt mach mal los, sonst werden wir heute nie fertig – so schlecht ist Luv in der Rolle gar nicht«, da drehten sich meine Füße schon wieder passgenau zum Weglaufen.

Das war wahrscheinlich der entscheidende Impuls. Matteo musste es sofort bemerkt haben. Mich selbst hatte es auch gleich an meine Coaching-Stunden mit ihm erinnert. Auf einmal sprang er mit einem einzigen leichten Satz auf die Bühne und stand neben mir. Einen Arm um meine Schulter gelegt, leicht und fest zugleich. Ich kam nicht mehr weg.

Das hatte mir bei unseren Mut-Übungen schon dutzendmal geholfen.

Aber diesmal grinste er mich noch wärmer an. Wahrscheinlich war er selbst ganz erleichtert, dass er endlich aus der Schockstarre erwacht war. Mir war das langsam auch schon etwas peinlich gewesen. Es hatte ja fast so ausgesehen, als hätte er Schwierigkeiten, jemanden wie mich zu berühren. Doch als er nun auch noch den anderen Arm um mich legte, sodass wir wirklich wie ein Liebespaar voreinander standen, nur mit etwas mehr Abstand vielleicht, musste ich kichern – auch etwas erleichtert. Ich war doch nicht zu eklig zum Berühren. Na, ein Glück. 😊

Als Lasse und Thore dann jedoch langsam die Segel hinter uns herumschoben und dabei immer grinsend »Näher, näher«, riefen, »sonst kommen wir hier nicht vorbei«, da war es, als würden meine Füße einen inneren Kampf austragen. Die Ferse wollte stehen bleiben und der Ballen weglaufen, oder so ähnlich jedenfalls. Matteo schob seinen breiten Körper ebenfalls nur widerwillig näher. Vielleicht hatte er auch diesen Bruder-Schwester-Gedanken. Irgendwas in mir rumorte jedenfalls dagegen. Obwohl seine Nähe eine erstaunlich beruhigende Wirkung auf mich hatte. Groß und warm und mit Honig-Holz-Duft. Kurz hatte ich sogar das Bedürfnis, mich einfach nach vorne fallen zu lassen und meine Wange an seinen kuscheligen Pullover zu schmiegen. Und wenn er dann die Arme um mich legen würde, dann wären der Kakao-Katzen-Kummer und die Hütten-Zerstörungen und die Lavinia-Sehnsucht und die Laila-Enttäuschung und die ganze Bühnenbau-Hektik und mein Immer-zu-viele-Antennen-Problem zumindest für einen kleinen Moment total vergessen und wie ausradiert.

Jetzt schob Matteo allerdings seinen Kopf noch etwas näher zu mir, weil Thore hinter ihm schon wieder drängelte. Und da passierte es. Gleich zwei Sachen. Lasse stieß mich mit einem der Schirmständer von der Seite an, und mein Bein knickte weg, sodass ich fast gegen Matteo fiel und unsere Wangen sich kurz berührten. Und genau in diesem Moment ging die Aula-Tür mit einem lauten Knarren auf. Ich spürte noch, wie Matteos stoppelige Wange mein Haar streifte, als er hektisch den Kopf drehte. Dann sah auch ich sie. Laila stand mit offenem Mund im Türrahmen. Ansonsten hatte sie eine undurchdringliche Miene. Ich glaube aber, dass ihre Wangen rot anliefen. Mehrmals öffnete und schloss sie den Mund, als wollte sie etwas sagen. Dann jedoch drehte sie sich hektisch um und war genauso schnell wieder verschwunden, wie sie aufgetaucht war.

Ich traute mich gar nicht, Matteo anzusehen, und auch er drehte sich schnell weg, umkurvte geschickt ein Segel und stand nun schon wieder am Bühnenrand, wie es als Regisseur bisher so seine Art gewesen war.

»Das dürfte ja reichen, Thore, Lasse, stimmt's?! Zeigt doch mal den Film, dann können wir gleich eure Segel-Schiebe-Kunst analysieren!« Matteos Ton klang erstaunlich leicht für die etwas merkwürdige Situation, die ich gerade empfunden hatte. Nur ein ganz leichter rauer Unterton schien mitzuschwingen, der untypisch für ihn war. Aber vielleicht hatte ich auch nur wieder diese Luv-Mega-Geräusche-Antennen auf Empfang, die auch gerne die Flöhe husten hörten.

Deshalb habe ich die nächste Viertelstunde lang lieber nichts gesagt. Auch wenn es irgendwie Spaß gemacht hat, Thores Video von der Szene anzugucken. Man sah sofort, dass die Segel hinter uns viel zu unruhig waren, die fetzten umher wie wild gewordene Wolken im Sturm oder weiße Wäsche, die von Windböen von der Leine gerissen wird, oder bestenfalls noch wie Teilnehmer einer Segelregatta, wo nur die Geschwindigkeit zählt. Aber Matteo und ich standen inmitten dieses Stofftumults wie ein Fels in der Brandung. Wie ein Bild für die Ewigkeit. Wie gemalt. Dass ich die Hektik im Hintergrund gar nicht richtig mitbekommen habe, wundert mich echt. Und das mir!

Ein bisschen schön fand ich auch, dass ich auf dem Video doch gar nicht ausgesehen habe wie ein oller Besenstiel. Man hätte mich glatt wirklich für die Protagonistin halten können ... na ja, jedenfalls, wenn ich nicht immer so nervös in meinem Haar gewuschelt hätte, das deshalb zu allen Seiten hin abstand, als wäre ich mit einer Stromleitung in Berührung gekommen! Aber trotzdem sah das Ganze für meine Verhältnisse erstaunlich gelassen aus. Ich meine, ich bin nicht ein einziges Mal mit dem Pudding-Knie-Syndrom zu Boden gegangen – obwohl ich auf der Bühne stand und auch noch gefilmt wurde!

Lavinia wäre stolz auf mich!

Trotzdem, ich sag es ja, Kussszenen kann ich eben nicht. Schon gar nicht mit dem Falschen ☺!

KAPITEL 18

Heute haben Matteo und ich gleich nach der Schule das Podest fertiggestellt. Zweimal überlackiert sogar. Ich habe in der Wartezeit, während die erste Lackschicht getrocknet ist, noch Englischvokabeln gelernt. Matteo hatte heute wohl nicht so viel zu tun, jedenfalls hat er sich zwischendurch immer das Buch geschnappt und mich abgefragt. Allerdings ist meine Aussprache viel besser als seine. Er hat einen richtigen *französischen* Akzent, wenn er Englisch spricht. Matteo hat dann auch lachend gemeint, er hätte so viele Verwandte in Frankreich (wusste gar nicht, dass sein Vater Franzose ist!) und er schreibe und telefoniere dauernd mit ihnen. Und deshalb käme er ständig aus dem Englischen raus. Ich konnte es nicht lassen, ihn mit seiner Aussprache aufzuziehen – die hat sich aber auch zu lustig angehört. Habe wirklich *alles* immer ganz französisch ausgesprochen – auch das Deutsche –, bis wir beide kichern mussten. Am Ende hat er dann noch einmal mit meiner Hilfe die englischen Vokabeln in korrekter Aussprache wiederholt – Englisch kann ich einigermaßen, weil ich schon immer so viele Liedtexte mitgesungen habe.

Endlich mal wieder zwei wirklich lustige Stunden mit erfolgreichem Podest-Anstrich und französisch-englischem Kauderwelsch-Spaß.

Jetzt will ich Laila mal schreiben, ob nicht wenigstens wir beide uns wieder vertragen wollen. Ich bin mir fast sicher, dass sie nichts mit den komischen Zerstörungen zu tun hat. Sie hat auch als Einzige noch einen Schuppenschlüssel, und ich will gar nicht, dass sie den abgibt. Ich will ihr zeigen, dass ich ihr vertraue. Seit niemand außer mir mehr in meine Werkstatt kommt, ist übrigens nichts mehr kaputtgegangen oder verschwunden. Ist das nun doch ein Zeichen dafür, dass irgendwer von den Kakao-Katzen vorher daran beteiligt gewesen ist? Ich will das immer noch auf keinen Fall glauben! Aber Laila ist es wohl ganz sicher nicht, denn sie hat immer noch den Schlüssel – das ist ja fast schon der Beweis, oder?!

Idee: Ich mache jetzt schnell meine Hausaufgaben, und danach gehe ich in die Hütte gucken, ob noch alles für einen besonders leckeren Kakao mit kleinen Marshmallows da ist, den mag Laila besonders gerne – und dann appe ich ihr und lade sie für morgen zum Lieblings-Kakao ein. Hoffentlich nimmt sie meine Einladung an. Aber ich hatte in der Schule so das Gefühl, dass sie immer wieder zu mir rüberguckt und auch schon ein paar Mal eigentlich zu mir kommen wollte. Im letzten Moment ist sie dann immer wieder abgedreht. Franzi und Mila haben sie da so ein bisschen festgehalten, glaube ich. Die scheinen noch richtig sauer zu sein … Aber vielleicht geht es Laila wie mir, und das Ganze tut ihr auch schon total leid. Ich jedenfalls vermisse ganz besonders Laila so richtig, richtig!

Schock. Schock. Schock.

Ich brauche jetzt aber so was von dringend eine Liste:

CHECKLISTE 26

1. Was wollte Laila gerade wieder mit Matteo im Schuppen?
2. Wieso fragt sie mich nicht vorher?
3. Was machen sie da immer nur drin?
4. Hat sie ein Geheimnis mit Matteo?
5. Und warum sagt Matteo mir nichts davon?
6. Spinnen die total?

Nichts lässt sich richtig beantworten. Nur Nr. 6. Eindeutig mit JA!

Als ich vorhin aus unserer Terrassentür raus zum Schuppen wollte, habe ich Stimmen gehört. Instinktiv blieb ich in der Tür stehen, denn die Stimmen kamen eindeutig aus dem Schuppen. Jemand flüsterte. Während ich noch panisch überlegte, was ich tun soll, hörte ich, dass die Hütte schon wieder von außen verschlossen wurde, und sah Laila und Matteo zügig wegschleichen. Sie sahen gar nicht so aus, als hätten sie ein richtig schlechtes Gewissen. Sondern eher ganz erfreut.

Hm. An ihrer Stelle hätte ich allerdings das megaschlechte Gewissen, das ist klar. Was ist nur los mit denen? Finden die das wirklich normal, auf fremden Grundstücken herumzuschleichen?!

Als ich dann schnell geguckt habe, ob wieder irgendwas verschwunden oder zerstört ist, habe ich allerdings nichts finden können. Aber was soll das?!

Okay. Ich muss jetzt Laila einfach mal appen.

»Hi! Was wolltest du eigentlich wieder mit Matteo im Schuppen?«

Zehn Minuten später kommt schon eine Antwort-App von ihr:

»Nur wieder was wegen des Bühnenbildes, nichts Besonderes! LG Laila«

»Wieso Bühnenbild? Machst du da denn noch mit? In den letzten Tagen hatte ich eher nicht das Gefühl ...«

»Ja, sorry, da konnte ich nicht. Ich bessere mich ...«

»Ich glaube, ich hätte jetzt doch gerne den Schuppenschlüssel wieder zurück, den du noch von mir hast.«

Nichts mehr. Zwei Stunden später schreibt Laila dann:

»Lege ihn dir Montag auf dein Pult. Freundschaft braucht übrigens dringend Vertrauen. Sonst wird das nichts. Tschau!«

Sehr witzig! Das muss sie gerade sagen. Ich habe ihr wahrscheinlich schon viel zu lange vertraut. Oh Mann, jetzt ist sie total sauer, fürchte ich. Was mach ich bloß? Und kann ich ihr überhaupt wirklich noch einmal vertrauen? Die Sache, die sie da mit Matteo abzieht, ist schon ganz schön merkwürdig.

Und Matteo? Ich meine, der war jetzt hier in Kleinhüttenhausen gerade irgendwie der letzte Mensch, dem ich noch vertraut habe – oder aber zumindest wirklich angefangen habe zu vertrauen. Das geht doch auch überhaupt nicht, dass der hinter meinem Rücken in meinen Schuppen läuft – wegen des Bühnenbildes angeblich, an dem wir vorhin gerade zusammen gebaut haben! Da bleibt mir echt die Luft weg! Okay, jetzt bleibt mir als Einziger noch Liam. Aber den kann ich eigentlich genauso wenig einschätzen wie alle anderen hier. Fast *noch* weniger.

Ich habe es so satt. Ich habe mir in den letzten Wochen quasi ein Bein ausgerissen, um mich mal mehr zu trauen. Und das habe ich nur geschafft, weil ich angefangen habe, wirklich mal mehreren Leuten zu *ver*trauen. Und sie hatten es hier so geschickt angefangen: Lailas Überredungskünste, dank derer ich mich aushilfsweise auf die Bühne getraut habe. Matteos Anti-Flucht-Coaching. Franzis und Milas lustige Kakao-Katzen-Idee mit witzigen, albernen Bastelnachmittagen – sogar noch mit anderen Freundinnen! Bühnenbau am offenen Herzen (Chirurgen-Deutsch) beziehungsweise auf offener Bühne – hatte ich bisher noch nie gemacht. Ich habe eher immer allein in meinem stillen Kämmerlein gewerkelt. Und jetzt war in dieser Zeit mein stilles Kämmerlein fast schon öffentlich geworden. So leicht war mir »Gemeinschaft« noch nie gefallen. Und jetzt das!

War das alles verkehrt? Eine Verkettung von Fehlern? Tauge ich/taugt mein Leben doch nur im stillen Kämmerlein?

Ich habe jedenfalls so richtig gar keine Lust mehr auf irgendwen. Muss nur noch für das Theaterstück eine Riesengirlande flechten. Den letzten Rest Bühnenbau will ich jetzt einfach nur noch würdevoll beenden. Aber das kann ich auch in meiner Hütte. Die Girlande kann Matteo ja dann mit der Schubkarre abholen kommen, wenn er will. In die Aula gehe ich erst einmal nicht mehr. Ich will Matteo im Moment auch gar nicht sehen. Hätte wirklich keine Lust darauf, dass er mir genauso einen Quatsch von wegen »dringender *Bühnenbau* mit Laila in deiner Hütte« erzählt. Sorry, aber genau, zu einer Freundschaft gehört VERTRAUEN! Genauso sehe ich das auch!

Und deshalb packe ich jetzt hier endlich mal meine eigenen Projekte wieder so richtig an. Der Rest kann mich mal. Denn eins ist klar: Lavinia wird am 5. Dezember kommen, das ist in drei Wochen, und die Hütte ist noch lange nicht fertig!

Los geht's. Ich brauche dringend eine Liste:

CHECKLISTE 27

Wie wird die Hütte in wenigen Tagen noch Lavinia-fein?

1. Indem sie nun endlich mal ihren wunderschönen schwedisch-roten Außenanstrich bekommt.
2. Indem ich zwei alte, kleine Hocker aus unserem Keller mit megadicker Wolle umstricke (nehme einfach mindestens acht Fäden von der Flohmarktwolle gleichzeitig für Nadelstärke 15 oder so – ein Hocker wird in so einem mega-shocking Himbeer-Pink!). So etwas fehlt noch als Fußschemel oder Woll-Ablageflächen vor den Sesseln in der Kakao-Ecke.

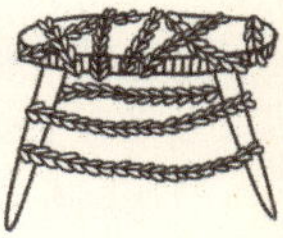

3. Indem ich noch Windstopper[8] für die Tür und für die Fenster stricke. Da zieht es demnächst im Winter garantiert kalt rein, und dann kann die kleine elektrische Heizung bestimmt nur schwer dagegen anheizen. Außerdem kostet das dann viel Strom. Einen langen Windstopper brauche ich für

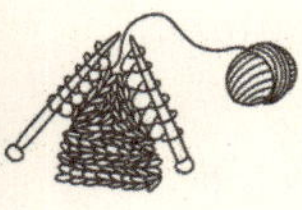

8 Anleitung hinten in meinem Ideenbuch

den Spalt zwischen Tür und Fußboden, und zwei etwas kürzere müssen auf den kleinen Fensterbänken direkt am Rahmen liegen. Vielleicht bunt geringelt. Das sieht so schön fröhlich aus.

♡

Und *fröhlich,* das ist jetzt auch endlich mal wieder nötig.

My home is my castle. And my castle is my *life.*

Oder anders gesagt: Nix mit Kakao-Katzen-Café mehr – ich brauche eine Kakao-*Burg*! Nur Spoby und Rosewood dürfen hier in der nächsten Zeit noch rein. Die übrigens, soweit ich sehen kann, leider nicht schwanger sind und irgendwelche Kissen für ihre Geburtsstätten bräuchten …

Wieso müssen Eltern immer dann nerven, wenn man mit den Nerven sowieso schon am Ende ist? Jetzt will meine Mutter auch noch, dass wir uns dieses Wochenende mal »in der Mitte« mit meinem Vater treffen. In der Mitte Deutschlands. Am Sonntag, also morgen schon. In irgend so einem kleinen Kaff namens *Schnörlingshorst* wollen wir zusammen essen und ein bisschen »quatschen«.

Ich glaube, Mama ist das einfach unheimlich, dass ich im Moment so gar keine Lust habe, meinen Vater zu besuchen. Dabei müsste sie das doch eigentlich verstehen. Immerhin ist der einfach mit jemand anderem abgehauen und wollte das Leben nicht mehr mit uns teilen. Und natürlich ist ihm auch klar gewesen, dass er mich dann viel weniger zu Gesicht bekommt. Das scheint ihm ja aber egal gewesen zu sein. Dann kann ich jetzt erst einmal auch mal eine Runde auf ihn verzichten. Verstehe gar nicht, wieso Mama sich da überhaupt noch so bemüht. Das ist doch sein Problem mit mir. Aber sie meint, mir würde ein gutes Verhältnis zu meinem Vater auch guttun. Ich würde gerade sowieso wieder nur alleine rumhocken.

Bla, bla, bla. Bei mir geht eben gerade gar nichts mehr. Und schon gar nicht mit diesem Abhau-Vater.

Puh, zehn Minuten später hat mein vielbeschäftigter Dad abgesagt. Mir reicht es, wenn wir uns an Weihnachten sehen, genau wie ihm, ganz ehrlich! Bloß keine unnötigen Real-Social-Treffen zurzeit, bitte!

KAPITEL 19

Wie bitte?! Was ist denn nun los?

Mein nun doch Vater-Treff-freier Sonntag beginnt damit, dass ich diesen komischen Zettel an meiner Hüttentür finde:

Hey, Bau-Prinzessin!
Manchmal darf man nicht gleich alles glauben, was man sieht. Das heißt, man darf nicht gleich denken, dass das, was man sieht, genau das ist, was man sieht. Oder besser gesagt, man darf nicht immer seinen eigenen Gedanken trauen.
Oje, jetzt habe ich mich aber ganz schön tief reingeredet.
Sage ich es lieber mit einem Gedicht, vielleicht kann ich das besser:

Hi Schneewittchen,
außen zart und rot und schwarz,
Mumm für zwei, nur weiß es nicht,
traut sich alles,
glaubt's nur nicht.

Deckt sich zu mit Zweifeln,
wie Schneeflocken den Baum,
Und wundert sich dann einsam
Unterm eiskalten Deckentraum.

Ich weiß, du hast zurzeit keinen einfachen Lauf,
aber vielleicht hilft Reden,
oder eben Schreiben
ein klein wenig auch.

Was meinst du dazu?

Checkliste für Luv:
1. Wäre es gefährlich, hierauf zu antworten?
2. Kann Schreiben wirklich helfen?

Wenn du deine Antworten für die Liste gefunden hast, würde ich mich freuen, wenn du mir ebenfalls eine Liste schreiben würdest.

Ein Listenanfänger

Ich starre sprachlos und damit sehr LUVig auf den Text auf weißem Papier. Mir ist auch sehr LUVig zumute. Das wird ja immer mysteriöser hier. Wer, bitte, weiß denn von meinem Listen-Spleen – außer Lavinia und Laila? Lavinia, weil sie mich schon ewig kennt, und Laila, weil ich es ihr kurz vor unserem Vertrauensproblem *anvertraut* habe.

Ob Laila auf diese Art versucht, Kontakt mit mir aufzunehmen? Aber würde sie es nicht eher über WhatsApp probieren? Nur, wenn sie es nicht ist (und Lavinia wohnt einfach zu weit weg, um hier eben mal über Nacht was an meine Hüttenwand zu pinnen), dann muss sie es noch jemand anderem erzählt haben. Das wäre dann ein erneuter Vertrauensbruch. Oh Mann, die Sache wird immer verworrener.

Und der- oder diejenige scheint auch sonst noch mehr über mich zu wissen, als mir lieb ist. Denn ein bisschen ertappt habe ich mich bei den Zeilen natürlich schon gefühlt. Sagen wir es so: Lavinia hätte laut gelacht beim Lesen und gesagt: »That's Luv! No doubt! Könnte von mir sein ...«

Oder will mich da jemand gepflegt auf den Arm nehmen?

Mir brummt der Schädel. Ich will eigentlich von niemandem mehr etwas wissen. Ich schreibe da doch nicht zurück – weiß ja nicht mal, wer das ist. Bin ja nicht blöd.

Ich flechte heute die Riesengirlande aus den dicken Stoffstreifen, die ich vor einer Woche noch mit den Kakao-Katzen geschnitten habe (wird im Theaterstück für die Party, die im 20. Jahrhundert spielt, gebraucht). Die Girlande kann sich Matteo dann morgen Nachmittag abholen. Punkt. Aus. Schluss.

Am Montag habe ich dann wirklich schnell mit Matteo in einer Pause besprochen, dass er sich die Girlande nach der Probe im Schuppen abholen kann. Ich war froh, dass es danach gleich zum Unterricht geläutet hatte, denn ich hatte keine Lust, auch nur ein einziges zusätzliches Wort mit ihm zu wechseln. Der Laila-Matteo-Hütten-Besuch-Stachel saß noch zu tief.

Allerdings habe ich aus dem Augenwinkel gesehen, dass *Liam* mich bei dem kurzen Gespräch mit Matteo beobachtet hat, auch wenn er so getan hat, als würde er den Leuten aus seiner Clique zuhören, mit denen er ziemlich zentral auf dem Pausenhof gestanden hat. Rechts und links wie immer Mädchen, die sich in seine Nähe drängten. Und ja, auch *mein* Herz ist wieder gehüpft. Aber das kann ich zurzeit nun wirklich gar nicht gebrauchen, in meinem Riesenschlamassel. Liam hat sowieso keinen weiteren Kontakt gesucht, und ich tue es wohl besser auch nicht. Mein Herz ist jetzt schon eine Baustelle.

Erst in der Nacht ist mir so richtig klar geworden, dass ich am Sonntag tatsächlich einen Brief von einem ANONYMUS(!) bekommen habe. Und auch wenn der Text vielleicht ganz zutreffend auf mich gewesen ist, dann ist das doch trotzdem – oder auch gerade *deswegen* – ganz schön unheimlich, oder?

So etwas ist mir noch nie passiert. Noch nie hat jemand versucht, über Listen mit mir in Kontakt zu kommen. Ich meine, ich weiß, dass das Listenschreiben ein ziemlich großer Spleen von mir ist, und das soll auch möglichst keiner wissen (außer meiner besten Freundin). Es zeigt ja auch nur, dass ich dauernd so viele Sachen sortieren muss, weil ich immer so furchtbar viel bemerke und denke. Und manchmal meinen eigenen Gefühlen nicht vertraue. Allerdings schon überhaupt gar nicht wollte ich jemals damit irgendwie *öffentlich* werden – sollte gerade das bekannt werden.

Was ist hier in Kleinhüttenhausen nur mit meinem Leben passiert? Ich scheine immer durchschaubarer zu werden, und damit sind meine Probleme hier alle noch viel größer geworden – und für alle sichtbarer –, oder?! Ich, das LUVigste aller Mädchen, führe also witzige »Listen-Kommunikation« mit einem Unbekannten? Ganz sicher nicht!

Wie kann man so hartnäckig sein?

Heute Morgen habe ich tatsächlich die nächste Liste an der Hüttentür gefunden. Denkt der oder die gar nicht daran, dass ich das auch ein bisschen unheimlich finde, wenn ich weiß, dass da irgendjemand auf unserem Grundstück herumhuscht, nur um so einen Brief an meinem Schuppen zu befestigen? Der Brief selbst war allerdings alles andere als unheimlich, das muss ich zugeben.

(Ich klebe ihn hier wieder rein.)

Sorry!
Hatte in meinem Schwung wohl zu wenig bedacht, dass du wahrscheinlich wirklich keinen Bock auf Listen von einem Fremden hast. Auch noch von einem Fremden, dem selbst vielleicht der Mut fehlt, hier ohne Listen zu sprechen. Ein Fremder, von dem niemand glauben würde, dass er das Wort »schüchtern« sowohl vorwärts als auch rückwärts

buchstabieren kann, weil er meistens genau wie das Gegenteil davon wirkt.
Also kann man meinen ersten Listenbrief an dich auch fast komplett auf mich beziehen? Vielleicht.
Wie auch immer. Sorry, das hier ist mein zweiter und letzter Brief. Ich weiß wirklich nicht, was mich geritten hat. Wahrscheinlich die blödeste Idee ever.
Tschau für immer.
Ein Listen-Blödi

Da meint jemand, ähnlich schüchtern zu sein wie ich? Kaum möglich. Und wer soll das von denen, die ich kenne, überhaupt sein? Die sind doch alle nicht schüchtern. Jedenfalls die, die ich hier bisher kennengelernt habe. Na ja, allerdings meint er / sie ja auch, es würde anders wirken … Oder ist es irgendjemand aus meiner Klasse, mit dem / der ich bisher noch kein Wort gewechselt habe? Gleichzeitig schüchtern und doch nicht schüchtern? Aber wer, bitte, könnte das sein? Ein Versuch:

checkliste 28

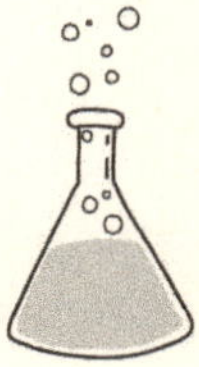

1. Lucca? Aber ich dachte, der sagt zu niemandem was, weil ihn wirklich nur Chemie und Physik interessieren – und da tritt er echt selbstsicher auf …

2. Olga? Ich dachte, sie hat Sprachschwierigkeiten und kann einfach noch nicht so viel Deutsch … außerdem nennt der anonyme Schreiber sich selbst einen »Fremden« – das weist doch auf einen Jungen hin, oder? Oder sind das genau Olgas Sprachschwierigkeiten – dass sie die männliche und weibliche Form von Wörtern noch nicht kennt? Nee, Quatsch, wie soll sie nach drei Monaten im Land bereits so dichten können!

3. Alwin? Ich dachte, der drückt sich am liebsten über Graffiti an den Wänden aus, nicht über Listen – oder?
4. Jemand aus den Parallelklassen? Keine Ahnung – da kenne ich ja nicht einmal einen einzigen Namen.

Okay, nützt ja nichts, erstmal muss ich schnell los zur Schule, bin eh schon spät dran jetzt.

Hm, aber weder in der Schule noch den ganzen Nachmittag lang hatte ich dazu auch nur noch irgendeine Erleuchtung. Nur eine Sache will ich jetzt doch loswerden an meinen anonymen Listenschreiber. Deshalb werde ich diesen einzigen Zettel schreiben, bei dem es auch bleiben soll:

Hi Anonymus!

So schüchtern zu sein, dass man nicht einmal seinen Namen verrät, das habe bisher nicht einmal ich gebracht. Also, meinen Namen weißt du. Jetzt bist du dran! Wer schleicht sich in meinen Garten und dichtet?

Checklistenversuch

Folgende Namen sind möglich:

1. ?
2. ?
3. ?

Eine der wenigen Listen ohne Ergebnis. Ich brauche Hilfe …

Luv

CHECKLISTE 29

Was soll man sagen, wenn einen der spannendste Junge der Schule fragt, ob man mit ihm mitfahren will?

1. Ja?
2. Unbedingt?
3. Immer?
4. Sicher doch?
5. Wahrscheinlich schon?

6. In jedem Fall?

7. Oh ja?

8. Äh, wann denn?

9. Ich weiß nicht, ob ich da Zeit hab …

Ich fürchte, ich habe ziemlich haspelig und leise alle neun möglichen Antworten hintereinander gestammelt …

Aber jetzt mal schnell von vorne:

Ja, wirklich. Es war eigentlich ganz unfassbar. Ich stand mit meiner Banknachbarin Jella und ihrer besten Freundin Lil gerade in der Pause auf dem Schulhof rum, da näherte sich Liam mit diesem entspannten Gang, bei dem sein Haar immer so lässig auf den breiten Schultern wippt. In seinen Augen spiegelte sich der Himmel und verstärkte das leuchtende Hellblau (das der Augen, nicht das des Himmels 😊).

Erst dachte ich, er peilt ein Ziel hinter mir an, und habe ihn deshalb nur so aus den Augenwinkeln beobachtet. Irgendwann aber konnte ich die Tatsache nicht mehr leugnen, dass er schnurstracks auf mich zuhielt. Meinen beiden Pausen-Partnerinnen blieb sichtlich auch die Luft weg, denn sie verstummten plötzlich und sahen mich total überrascht an. Liams Blick ruhte die ganze Zeit auf mir, zu wem er wollte, schien klar. Auch wenn das Jella und Lil sicherlich genauso unwahrscheinlich vorkam wie mir selbst.

Dann war er da. Wie eine frische Brise schwappte irgend

so ein salziger Meeresduft zu uns rüber. Liam hat anscheinend auch noch ein gutes Händchen bei der Auswahl seines Aftershaves. Am liebsten hätte ich die Augen zugemacht und erst einmal ein paar Minuten tief eingeatmet. Dann hätte mein Herz vielleicht auch etwas Zeit gehabt, sich zu beruhigen. Aber Liam sprach sofort los: »Ich will mit ein paar Freunden und meiner Schwester übermorgen wieder zu Fridays for Future gehen, und abends haben wir noch einen Auftritt in der Fabrik in Kiel. Poetry-Slam. Nur, Kira, meine Schwester, braucht noch etwas weibliche Unterstützung. Ist so megaschüchtern, hat aber echt was drauf und will ihren ersten Poetry-Auftritt hinlegen. Aber wenn ich nur Kumpels dabeihabe, steigt sie am Freitagmorgen nicht mal in unser Auto ein. Und das wäre echt schade um die kleine Perle und ihre Dichtkunst. Und weil du ja auch nicht immer so die Rampensau bist, könntest du ihr ganz guttun. ... Also, langer Rede kurzer Sinn: Können wir dich am Freitag einfach mal mitnehmen – so für die Frauenquote und zum Gut-Zureden von Miss Schüchtern zu Miss Schüchtern?«

Unglücklicherweise klingelte es in dem Moment auch noch zum Unterricht, und ganz gehetzt habe ich dann leider einfach alle neun möglichen Antworten hintereinander ausgespuckt (siehe Liste oben): »Ja! Äh ... unbedingt! Äh ... immer! Äh ... sicher doch! Äh ... wahrscheinlich schon?! Äh ... in jedem Fall! Äh ... oh ja! Äh ... wann denn? Äh ... Ich weiß nicht, ob ich da Zeit hab ...«

Allerdings habe ich immer noch diese etwas trotteligen, ziemlich LUVigen »Ähs« dazwischen eingebaut. Echt toll!

Aber Liam war da ganz groß, der hat mich nur angeschmunzelt und gewartet, bis mein »Äh-Wasserfall« zu Ende war. Dann hat er erst Jella und Lil zugeblinzelt und zu mir gemeint: »Schreib mir doch einfach 'ne WhatsApp, wenn du es genau weißt. Wir könnten dich um 8 Uhr abholen. Würd mich freuen! Tschau!«

Und dann war er weg. Von der Schule wieder eingesaugt. Und die beiden Mädels – kichernd – auch. Nur einmal haben sie sich noch umgesehen und mich mit großen Augen angestarrt. Jedenfalls ist es mir so vorgekommen. Also, ich, wenn ich gekonnt hätte, ich hätte mich jedenfalls mit *sehr* großen Augen angestarrt. Das hier war genau das, was eigentlich nie *mir* passiert. Das ist mir schon in der alten Schule mit Finn jahrelang nicht passiert. Genau das ist einfach nicht der Luv-Style.

Oh Gott, und jetzt?!

KAPITEL 20

Hast du auch manchmal das Gefühl, dein Leben überschlägt sich gerade und du stehst sprachlos daneben?
Es wirkt so seltsam losgelöst von dir. Dabei solltest du doch mittendrin sein - im Auge des Sturms sozusagen - oder solltest du nicht sogar das Auge des Sturms sein?
Zumindest solltest du noch gucken können, mit *mindestens* einem Auge. Und sicher solltest du auf keinen Fall wieder mal am Rand stehen und die Augen einfach nur fest zudrücken, während du weißt, dass da vorne das, was wie dein Leben aussieht, dir wegläuft oder abhebt oder irgendwas Scheußliches tut, was du hinterher gar nicht wieder einfangen kannst. Oder aber, dass es was ganz Fantastisches NICHT tut, was du hinterher auch nicht ertragen kannst - wieder nicht getan zu haben ...

Zweite Checkliste vom Listenanfänger:
1. Kennst du das, Luv?
2. Und wenn ja, was machst du dann?

Auf Antwort freut sich
Der Listenanfänger

Das hing heute Morgen wieder an meiner Schuppentür. Hört sich an wie die Beschreibung eines schüchternen Menschen. Ich glaube, der / die Schreiberin ist wirklich schüchtern – oder geht es etwa vielen so? Dass man sich manchmal so komplett von außen sieht und einfach nicht reagieren kann? Ich kenne das jedenfalls nur zu gut. In Lavinias und meiner Welt gibt es dafür ja sogar einen Fachbegriff: voll LUVig sein. Vielleicht gibt es ja sogar viel mehr Schüchterne, als ich bisher so gedacht habe? Vielleicht geben das nur viele nicht so schnell zu wie ich ... können das besser verbergen ... überdecken ...? Keine Ahnung.

Dieser Schüchterne hier allerdings geht mir gerade etwas auf den Wecker. Wenn der mir jetzt nicht mal schnellstens sagt, wer er ist, dann werde ich seine Zettel demnächst nicht einmal mehr lesen. Sondern einfach nur abreißen und wegschmeißen. *So* schüchtern finde ich das übrigens gar nicht, sich in meinen Garten zu schleichen und mir anonym zu schreiben ...! Oder doch? Na, egal. Das hier wird jetzt meine letzte Antwort, wenn der / die sich nicht bald zu erkennen gibt.

Lieber »Listenanfänger«,
ich glaube, eine gute Methode, sich nicht zu weit außerhalb seines eigenen Lebens zu fühlen, ist die, sich in seinem eigenen Leben klar zu erkennen zu geben!
Deshalb hier die passende Checkliste für dich:

1. Wie direkt und offen kann ich mein Leben als Anonymus leben?
2. Wer vertraut gerne Anonymus Persönliches an?
3. Sollte ich mich also doch besser zeigen und hier mal meinen Namen nennen?

Meine Empfehlung: Einfach mal in Ruhe durcharbeiten, die Liste oben. Sollten die Antworten zu Fortschritten führen, kannst du dich gerne wieder melden. Ansonsten würde ich jetzt gerne wieder ohne anonyme Kommentare an meiner Hüttentür versuchen, meinen Lebensstrudel von innen (im Auge des Sturms) zu steuern. Damit habe ich nämlich ebenfalls genug zu tun.
Checklistenprofi Luv

Hm, das klingt zwar ein bisschen selbstbewusster, als ich bin, aber das musste jetzt mal sein. Der/die traut sich danach bestimmt sowieso nicht mehr. Eigentlich schade, inzwischen bin ich auch etwas neugierig geworden, wer da so spannende Gedanken hat und so gut mit Sprache umgehen kann. Fürs Texten habe ich ja auch echt was übrig … Und außerdem lenkt es mich wenigstens ein bisschen von meinem Kakao-Katzen-Kummer und der Laila-Lavinia-Sehnsucht ab.

Aber, apropos Lebensstrudel. Ich muss mich jetzt dringend mal entscheiden, ob ich wirklich morgen früh mit Liam und seiner Crew mitfahren will. Das heißt, ob ich will, steht schon fest: Na, klar will ich! Und wie! Die Frage ist vielmehr: OB ICH MICH TRAUE?

Eine schnelle Checkliste muss her. Mir fällt nur eine ein, die die Sache von hinten aufrollt:

CHECKLISTE 30

1. Würde ich es am Samstag bedauern, wenn ich nicht mitgefahren wäre? Jaaaaaaaaaa!
2. Und am Sonntag? Noch mehr!
3. Und am Montag? Noch viel mehr …!

Okay, mir fällt irgendwie keine sinnvollere Checkliste dafür ein. Aber vielleicht ist genau das auch ein Zeichen?

Ich muss das wahrscheinlich einfach machen, um mich nicht wirklich zu weit aus meinem Leben rauszukatapultieren. Ich meine, wenn man das, was man sich am allermeisten erhofft, nicht tut, wessen Leben lebt man dann eigentlich? Hm, jedenfalls nicht das eigene, oder?

Klingt zwar alles ganz logisch, aber trotzdem irgendwie …

Und da ploppt mitten in meinem etwas verwirrten Gedankenstrudel plötzlich eine WhatsApp-Nachricht auf:

»Na, Luv-Schneewittchen, wie sieht es aus? Kann ich morgen mit Dir rechnen? Matteo kommt übrigens auch mit. Da kennst du dann sogar schon zwei Leute – vielleicht macht dir das die Entscheidung etwas leichter. Hope so! Tschau, Liam«

Oh, irgendein Gedankenknäuel in meinem Hirn scheint tatsächlich ein wenig einzuschmelzen …

Hm, warum macht es die Sache tatsächlich leichter, wenn Matteo mitkommt?

CHECKLISTE 31

1. Weil ich dann nicht das Gefühl habe, ausschließlich mit Fremden zu fahren?
2. Weil Matteo durch das viele Bauen im Team doch fast ein Freund geworden ist?
3. Weil er der Spezialist für Mut-Coaching für mich gewesen ist?
4. Fühle ich mich vielleicht sogar etwas mutiger, wenn er da ist?

5. Oder fühle ich mich mutiger, weil er an meinen Mut glaubt?
6. (Aber was ist mit der Laila-Schuppen-Sache und ihm? Schon vergessen?)

So ganz genau kann ich keine der Fragen beantworten. Ich weiß nur, dass es wirklich ein wenig hilft zu wissen, dass Matteo mitkommt. Wahrscheinlich überwiegt das Gute irgendwie …

Also lautet mein lange überlegter Antworttext, der im Prinzip korrekt ist:

»Für die Umwelt demonstrieren und Frauen Mut machen, ihr Talent zu zeigen? Ich bin dabei! LG Luv«

Und dich sehen will ich auch. Aber das habe ich lieber mal nicht geschrieben …

(Noch abends kläre ich es mit meiner Mutter. Ich habe keine Lust auf erneuten Stress mit ihr. Glücklicherweise hat gerade gestern jemand in ihrer eigenen Zeitung einen viel beachteten Artikel geschrieben, warum es einfach großartig ist, dass sich die heutige Jugend so engagiert, und warum diese wiederum Eltern braucht, die das unterstützen … tja, lalala und dümdidüm … Diesmal ist der Kiel-Ausflug also sogar abgesegnet 😊.)

KAPITEL 21

Ich immer mit meinen blöden Checklisten-Weisheiten. Plötzlich sitze ich da wirklich. Eingeklemmt zwischen Linus und Kira auf der Rückbank eines Elektro-Minis. Kira ist wirklich so megaschüchtern, dass sie mich beim Begrüßen nicht einmal angesehen hat, und Linus hat irgend so einen nervösen Tic, und alle zwei Minuten zuckt sein Bein so sehr, dass ich jedes Mal einen Schreck bekomme und mich halb auf die zarte Kira drücke, woraufhin die dann fast an der Fensterscheibe klebt. Und auf der anderen Seite von Linus, ja, da sitzt (*klebt*, der Mini ist einfach supereng) tatsächlich Matteo. Der schien ziemlich überrascht zu sein, als wir ihn abgeholt haben – ihm hat wohl niemand gesagt, dass ich auch mitkomme. Erst dachte ich, er steigt gar nicht erst ein. Seine Augen habe ich noch nie so groß gesehen, wie als ich mich vorgebeugt und ihm ein leises »Hi« zugehaucht habe. Seine selbst jetzt im Winter leicht gebräunte Haut hat sich mit einem fast unmerklichen Rotton überzogen, sodass Matteo beinahe so aussah, als wäre er bei etwas ertappt worden. Da ist in mir gleich wieder dieses Misstrauen hochgestiegen. Waren seine Treffen mit Laila im Schuppen doch nicht so harmlos, und er hing auch irgendwie bei den verschwundenen Sachen mit drin? Aber so schnell, wie sein Kopf rot geworden war, war der Farbton auch wieder verschwunden. Ich habe mit Sicherheit nur wieder die Flöhe husten gehört. Glücklicherweise bleibt nur das gute, vertraute Gefühl übrig – ich spüre selbst, wie ich merklich ausatme und mich entspanne.

Viel spektakulärer finde ich Liam kurze Zeit später. Er dreht sich auf dem Beifahrersitz um, zwinkert mir zu und meint: »Cool, dass du dabei bist, Schneewittchen. Wollen wir der Politik mal zeigen, dass sie mit uns nicht machen kann, was sie will?! Übrigens, Kira, Luv kommt abends auch noch mit zum Poetry-Slam. Dann hast du so ein bisschen weibliche Unterstützung. Luv ist auch voll künstlerisch drauf.« Nach einem aufmunternden Blick zu seiner Schwester dreht er sich wieder um und witzelt weiter mit dem Fahrer, Kaspar, seinem Freund aus der Zwölften, herum.

Nun spüre ich allerdings die Blicke von Kira und Matteo auf mir ruhen. Ist es wirklich so komisch, dass ich mitgekommen bin – und ist es etwa völlig durchsichtig, dass ich wegen Liam ganz aufgeregt bin? Und überhaupt, bin ich wirklich »künstlerisch« drauf? Ohne Liste kann ich das alles hier leider nicht beantworten. Das muss warten …

Es stellt sich heraus, dass Liams zwölfjährige Schwester nur anfangs so megaschüchtern ist. Nachdem wir eine halbe Stunde lang in der Kieler Innenstadt unter dem Transparent, das Kaspar gebastelt hatte, gelaufen sind (»Früher war der Fisch in der Verpackung. Heute ist die Verpackung im

Fisch!«) und echt gestaunt haben, was für tolle Sprüche den anderen so eingefallen sind (»Warum sollen wir zur Schule gehen, wenn ihr nicht auf die Gebildeten hört?« oder »Kurzstreckenflüge nur für Insekten«), wird Kira etwas gesprächiger. Erst fragt sie mir Löcher in den Bauch, wie ich das Bühnenbild gebaut habe, und dann beginnt sie zu erzählen, warum sie Theater, Bühnen und Poetry so liebt.

Je länger ich diesem Mädchen mit dem raspelkurzen Haar und den riesigen blauen Augen zuhöre, desto sympathischer finde ich Kira. Sie hat wirklich lustige Ideen, was für Arten von Stücken sie gerne einmal auf die Bühne bringen würde (zum Beispiel Gedichte in WhatsApp-Format, YouTuber-Persiflagen, ein cooles Umwelt-Stück und Ähnliches). Und immer, wenn wir uns ein Beispiel dazu überlegen, lachen wir schon nach kurzer Zeit los, so wild sind unsere Ideen dazu. Später machen wir dann auch den Sprechchor mit: »Wer Umweltprobleme nicht ernst nimmt, ist selber eins!« Genau!

Liam, Matteo, Linus und Kaspar bemerke ich erst wieder richtig, als wir am Ausgangspunkt unserer Demo zurück sind und vor der Bühne stehen, auf der gerade der Abschlusssong gespielt wird.

Kira, das Leichtgewicht, hüpft Matteo auf die Schulter, um besser sehen zu können, und Liam steht plötzlich so dicht neben mir, dass ich vor Aufregung nach Luft schnappen muss. Aber da atme ich nur wieder intensiv diesen Salzwasserduft ein, und der hat wiederum eine unmittelbare Auswirkung auf meine Knie. Sie werden zwei Stufen weicher.

Die Band macht wirklich Stimmung, und wir klatschen und wippen im Takt, und als ich dabei mehrmals gegen Liam stoße, fühlt sich das so aufregend und gut an. Er grinst mir ausgelassen zu, und ich kann nicht anders: Ich grinse ebenfalls glücklich zurück – wahrscheinlich wie ein Honigkuchenpferd, aber egal. Es tut so gut. Matteo tanzt mit Kira, Kaspar und Linus herum, und ich will mehr. Mehr von dieser tollen Stimmung. Dieser Aufbruchstimmung, diesem Aufstehen gegen die ganze Umweltpolitik der letzten Jahrzehnte, diese Mobilisierung von Tausenden von uns Schülern, denen ihre Zukunft eben nicht egal ist – und mehr von dieser Nähe. Mit Liam. Mehr Duft, mehr Haut, mehr Lachen. Einfach mehr.

Den Nachmittag in Kiel nach der Demo verbringe ich wie in einer Blase. Die vielen Geräusche auf den Straßen, als wir eine günstige Möglichkeit zum Mittagessen suchen, die vielen Leute, die vielen Stimmen in der Bäckerei, in die wir für einen kleinen Kakao gehen – all das kommt mir so vor, als hörte ich es durch eine Nebelwand. Ich bin mit meinem Gefühl in der Vergangenheit unterwegs. Ich spüre immer noch dieses Tanzen, diese Nähe, dieses Lachen. Ich rede nur ganz wenig mit den anderen in all diesen Stunden, weil ich so aufgeregt bin wegen Liam und deshalb auch nichts Blödes von mir geben will. Nichts, was dieses spannende Gefühl kaputt machen könnte.

Als Liam mich kurz vor der Fabrik direkt anspricht, falle ich aus allen Wolken. Er meint nämlich plötzlich angespannt und laut: »Sag mal, hörst du mir überhaupt zu, Luv? Gehst du nun mit meiner Schwester hinter die Bühne und hörst dir noch einmal ihren Text an? Ich spreche heute einen Text mit Matteo zusammen, und Linus hört uns gleich noch einmal ab, Kaspar ist für so was nicht zu gebrauchen ... Kira braucht dich!«

»Ja, klar«, höre ich mich selbst nuscheln und spüre, dass Kira mich dankbar ansieht. Ich will das auch wirklich gerne machen. Ich mag Kira. Sie ist zunächst so sprachlos und zart und schüchtern gewesen, aber wenn man sie etwas kennt, wird sie so lustig und lebendig, sie steckt voller witziger Ideen. Wie kann man gleichzeitig so verletzlich und trotzdem so stark wirken? Ich bin ganz fasziniert davon. Und wäre ich den größten Teil des Tages innerlich nicht mit ihrem Bruder beschäftigt gewesen, dann hätte ich ihr meine Hilfe sowieso schon lange angeboten. Es wird also wirklich höchste Zeit: »Komm, Kira, spuck mal deinen Text rüber. Wenn du so humorvoll dichtest, wie du sprichst, dann bin ich jetzt schon Fan!«

Kira zuckt erfreut zusammen, nimmt meine Hand und schwupps laufe ich mit ihr den langen Gang der Fabrik entlang, bis wir im Backstage-Bereich angekommen sind.

Hier erst frage ich mich, was ich eigentlich gerade mache? Ohne meine Kakao-Katzen, ohne meine Lavinia ... ohne alles, was mir in letzter Zeit so lieb gewesen ist. Und ja, genau, ich genieße es hier gerade, es kribbelt, es ist so neu, hier Kira und da draußen irgendwo Liam, mit diesem unglaublichen Lächeln für mich. Aber ich will erzählen, will meine Freunde teilhaben lassen an all diesen Wundern, diesem Neuen, dieser neuen Luv ... der, die sich heraustraut und Dinge macht, von denen sie bisher nur geträumt hat, die gerade so gar nicht LUVig ist ... ja, und genau, Matteo will ich auch davon erzählen ... immerhin ist er so etwas wie ein Mut-Coach gewesen ... Und ich bin mir sicher, er würde sich sehr darüber freuen, wenn er wüsste, dass er ein wenig dazu beigetragen hat, dass ich jetzt hier stehe. Hier in dem merkwürdigen, etwas kargen Backstage-Bereich der Kieler Fabrik. Kichernd mit der Schwester von Liam. Zwischen zwanzig anderen jungen Leuten, die Texte ablesen, vor Freunden, vor einem Spiegel, in eine dunkle Ecke hineinsprechen, Texte noch im letzten Moment verbessern, ganze Passagen streichen und neue erfinden, alle etwas hektisch, mit roten Flecken im Gesicht – auf, vor und hinter den alten, bunten Sesseln und Sofas, die hier überall im Raum verteilt stehen.

In dieser Aufregung, diesem erwartungsvollen Durcheinander, diesem kreativen Chaos fühle ich mich ganz kurz mit allen verbunden und wirklich gar nicht mehr so LUVig. Ich strahle Kira an. »Komm, du toughe Poetry-Prinzessin, zeig mir, was du draufhast! Rede mich in Grund und Boden, hör nicht auf, bis ich um Gnade winsle, das hier ist deine Zeit!«

Kiras Gesicht glüht bereits, als sie sich vor mir aufbaut und erst ganz langsam und leise, dann immer lauter ihren Text zu sprechen beginnt:

»Ich lebe im Schattenland –
oder anders gesagt:

Kleine Schwester sein ist nichts, was ich empfehlen kann. Jeden Tag frag ich mich, was wäre, wäre *ich* die Erstgeborene? Könnte ich dann auch alles schneller, besser, höher, weiter,
wäre ich dann etwas weniger die immer auf dem Weg Verlorene?
Wäre größer, schlauer, schöner und würde immer jedes Spiel für *mich* reinholen – in jedem Rennen klar den anderen überholen?

Der Held wär ich?!

Kleine Schwester sein ist dann besonders grausam, wenn dein Schwestersein darin besteht, einem großen Bruder zu vertrauen, der schlicht allen anderen den Kopf verdreht. Der einfach alle Blicke auf sich zieht, der dich unsichtbar werden lässt in Sekundenschnelle, als wärst du nicht seine Schwester, sondern ein lästiges Gepäckstück mit fieser Delle, das der Hollywoodstar vergessen hat, im Hotel abzugeben, zwecks Reparatur – am verhunzten Leben.

Ich bin also wenigstens mit einem Helden unterwegs, sagst du?

Ja, schon. Aber Held sein will ich selbst. Schneller, größer, schlauer als er kann ich nicht, ich weiß. Das versuch ich seit Jahren nun.
Deshalb bleibt mir nur noch *anders*. *Anders sein* ist der

Weg. Doch ganz gewiss lass ich mich dabei nicht an die Hand nehmen. Schon gar nicht von ihm. Der führt mich sonst wieder über *seinen* ureigenen Steg.
Und eins ist sicher: Ich komme erst wieder, wenn ich mein Andersland gefunden habe. Als Schwesterheldin.
Ihr hört von mir!«

Huch?!

Ich gucke Kira ziemlich perplex an. Ich habe ganz was anderes erwartet. Schluck.

Im Schatten des großen Bruders? Kann ich irgendwie verstehen. Aber weiß Liam davon? Ich meine, wie es ihr mit ihm geht? Weiß er von diesem Text? Langsam wird mir auch etwas mulmig zumute. Ist hier gerade ein großer Streit vorprogrammiert? Würde Liam auch wollen, dass ich sie zu ihrem Auftritt ermutige, wenn er diesen Text kennen würde? Ich meine, die Poetry-Szene in Kiel ist vielleicht gar nicht so groß, und viele kennen womöglich Liam als Kiras Bruder. Es ist anzunehmen, wenn sie ihn selbst als »Hollywoodstar« beschreibt. Vielleicht ist er auch in dieser Szene hier ein »Star«? Bloß, was will *sie* dann *auch* hier? Ist ihr die Ironie bewusst, diesen Text vorzutragen und sich damit auf eine Bühne zu drücken, auf der ihr Bruder eventuell bereits richtig groß ist?

Da blinzelt mich Kira auf einmal wieder so zart und schüchtern an. So unsicher, was ich sagen werde. So verletzlich sieht sie aus, dass ich einfach nur grinsen kann und meine: »Ja, dass Liam einen großen Schatten werfen kann, glaube ich sofort. Toller Text!«

Und dann geht alles ganz schnell. Kira wird fast als Erste aufgerufen, und ich kann ihr gerade noch einmal beide Hände fest drücken, dann wird sie auch schon vom Moderator angekündigt. So langsam habe ich noch nie jemanden gehen sehen, aber sie geht immerhin in die richtige Richtung, auf den Vorhang zu. Und sie scheint wie ein kleiner Automat, etwas monoton zwar in der Bewegung, aber doch einen Fuß vor den anderen zu setzen und damit nicht mehr aufzuhören, sodass ich es wage, in großer Eile aus dem Raum hinter der Bühne hinaus den langen Flur entlang in den Zuschauerraum zu hasten. Und wirklich. Da steht sie und steckt mitten im ersten Drittel ihres Textes. Aber ihr Kopf ist knallrot, und sie spricht auf einmal immer langsamer. Dann hört sie plötzlich ganz auf. Ein leises Murmeln geht durch den Raum, und meine Hände werden ganz schwitzig vor Aufregung. Was ist bloß los?

Dann sehe ich es. Kira blickt jemanden im vorderen Zuschauerraum mit offenem Mund an, ohne zu blinzeln. Verdammt, jetzt erkenne ich Liam, und auch der scheint sie unverwandt anzustarren. Seinen entsetzten Blick bei ihrem Text kann ich mir lebhaft vorstellen. Dabei würde wahrscheinlich auch weit weniger schüchternen Personen als Kira das Wort im Halse stecken bleiben. Ich muss ihr helfen. Sofort.

So unauffällig wie möglich dränge ich mich zwischen den engen Reihen der stehenden Zuschauer hindurch, die immer lauter zu murmeln beginnen, weil der Text auf der Bühne nicht weitergeht. Wie lange wird Kira das noch durchstehen ... Ich fürchte aus eigener Erfahrung, dass gleich ein gigantischer Fluchtreflex bei ihr einsetzen könnte – und das würde für sie nur wieder eine Möglichkeit bedeuten, sich NICHT als Heldin zu fühlen. Das kennt sie ja offensichtlich nur zu gut. Ob ich das noch irgendwie verhindern kann? Etwas ungestüm drücke ich eine ausladend gebaute Frau zur Seite, bis ich endlich genau neben Liam stehe. Ohne weiter nachzudenken, raune ich ihm zu: »Sie ist soo mutig, deine Schwester!« Zu meiner Freude entlocke ich ihm wirklich ein – wenn auch etwas säuerliches – Lächeln.

Direkt danach versuche ich, Kiras Aufmerksamkeit von Liam weg und auf mich zu lenken, denn sie steht immer noch stocksteif und stumm da.

Ich hebe beide Fäuste mit erhobenem Daumen so weit ich kann über meinen Kopf und sehe nach kurzer Zeit zwei weitere Hände über mir, die ebenfalls das Gefällt-mir-Zeichen zeigen. Und weil der Besitzer dieser Hände hinter mir deutlich größer ist als ich, fallen wir Kira endlich auf.

Ihr Blick gleitet an seinen hoch über mir schwebenden Armen entlang nach unten und bleibt auf meinem Gesicht hängen. Ich muss sie so entschlossen angelächelt haben, dass sie aus ihrer Starre erwacht.

Kira schüttelt fast unmerklich den Kopf, dann fährt sie so plötzlich fort, wie sie verstummt ist. Erst sehr leise, dann wird ihre Stimme immer klarer. Bis sie endlich ihren letzten Satz – »Ihr hört von mir!« – fast ruft und der so laut durch den Zuschauerraum dringt, dass die Stille danach genauso deutlich hörbar zu sein scheint.

Kira wagt sehr aufrecht noch einen kurzen Blick zu mir,

dann fällt sie wieder leicht in sich zusammen und huscht eilig durch den Vorhang nach hinten.

Das Klatschen, das als Zustimmungsbarometer gilt, erschallt unheimlich laut, und ich weiß, Kira wird damit ganz sicher nicht auf dem letzten Platz landen. Eher im Mittelfeld. Das wäre wunderbar für einen ersten Auftritt! Unmerklich breitet sich in mir ein warmes, stolzes Gefühl für sie aus.

Endlich komme ich dazu, mich umzudrehen, um zu gucken, wer mir da vorhin mit einem Zusatzpaar Daumen ausgeholfen hat. Und sehe direkt in das freundliche Lächeln von Matteo. Natürlich! Jetzt wird es mir klar. Auf der Demo hat Kira auf Matteos Schultern gesessen. Die beiden müssen sich schon länger kennen – so wie er ihren Bruder Liam wohl schon länger kennt. Und es ist recht wahrscheinlich, dass er auch ihr schon so manches Mal Mut gemacht hat.

Matteo und ich grinsen uns zufrieden an, und ich muss mich zurückhalten, ihm nicht meine Hand zum High five entgegenzustrecken. Glücklicherweise fällt mir aber im letzten Moment noch ein, dass Liam neben mir das vielleicht in den falschen Hals bekommen könnte. Vorsichtig drehe ich mich wieder zu ihm um. Doch Liam scheint den Schock schon ganz gut verwunden zu haben. Mit einem charmanten Augenzwinkern meint er zu mir: »Das Schwesterherz wird halt flügge, was kann man schon dagegen tun … Ich glaube, wir beide können das verstehen …« Als er dabei auch noch spaßeshalber einen Arm um mich legt und mich anlächelt, da fühlt es sich an, als würde mein Herz zu einem glühenden Klumpen zusammenschmelzen, der mir leider auch gleich noch in die Knie rutscht. Und das scheint so viel Kraft zu verbrauchen, dass sich mein Mund nicht mehr öffnen lässt. Oh Mann, Luv! Glücklicherweise gelingt mir noch ein – hoffentlich halbwegs – charmantes Lächeln zurück.

Aber ehe ich überhaupt richtig verstanden habe, was genau er wohl mit seiner Bemerkung eben in Bezug auf *uns* gemeint haben könnte, dreht sich Liam schon zu Matteo um und meint in einem deutlich geschäftsmäßigeren Ton: »Okay, nach ihm dort vorne sind wir dran. Zeit für unseren Rückzug. Kommst du?«

Ganz kurz und überraschend streicht Liam mir beim Gehen noch mit der Hand eine Haarsträhne hinters Ohr und murmelt etwas rau: »Rühr dich bitte nicht vom Fleck, du Schwesternflüsterin, würde dich hier gerne gleich noch sehen …« Sein leuchtender Blick scheint so tief in meine Augen einzutauchen, dass ich kurz meine, den Blick bis in den Bauch zu spüren. Als zartes Kribbeln. OMG!

Als die beiden weg sind, bleibe ich etwas steif stehen. Wenn ich jetzt mal schnell eine Klärungsliste schreiben könnte, könnte ich besser verstehen …

Doch da geht der Vorhang bereits wieder auf, und ich sehe ein äußerst interessantes Paar. Der eine so hell wie die Sonne und der andere eher Typ verhangener Mond, dunkler eben: Liam und Matteo. Sie sind schon eine Art Naturgewalt da oben auf der Bühne. Beide groß und breitschultrig mit auffallendem Haarschopf und breitem Lächeln. Bei dem einen wirkt es charmant-witzig, beim anderen eher zurückhaltend-verschmitzt. Ich glaube, es gibt gerade keine einzige Person im Zuschauerraum, die nicht gebannt nach vorne starrt. Und unwillkürlich fragt man sich natürlich: *Können* die denn auch was?

Da legen sie schon los. Liam stellt sich ans Mikro, und Matteo geht seitlich an den Rand der Bühne.

»Ey, Partner«, ruft Liam da plötzlich laut mit gespielt suchendem Blick zur anderen Bühnenseite, auf der Matteo steht.

»Unsere Nummer, du weißt schon – die Wette,
ob ich noch alle Tassen im Schrank hätte?
Hier was zu zweit machen? Komm, lassen wir's krachen,
und zeigen allen:
Ein Alter Ego sollte jeder haben!
Zum Reden und Labern, Spaß-Haben und Albern,
zum Klischees-Zerstören, Autoritäten-Abschwören,
zum Magen-Verstimmen durch Kuchen ohne Ende
und Saltos-Vollführen mit grenzwertiger Wende.

Langer Rede kurzer Sinn: Ich habe Glück, ich habe so ein Alter Ego, und das heißt Matteo, und den bitte ich jetzt mal mit ans Mikro.«

Mein Blick bleibt an Matteo hängen. Ich wusste gar nicht, dass der ähnlich lässig wie Liam wirken kann. Und dass er das Alter Ego von Liam ist, also so vertraut, dass er quasi wie sein anderes Ich ist, auch nicht. Glaube ich auch nicht. Dafür sind sie viel zu unterschiedlich. Das hat Liam sich bestimmt nur ausgedacht, weil es cooler wirkt, er steht auf solche Showeffekte, so gut kenne ich ihn jetzt schon. Liam spricht sofort weiter:

»Sag mal, Matteo, ist dir schon mal aufgefallen, dass wir Menschen so viel Angst vorm Sterben haben, dass wir aber nur an einem einzigen Tag sterben und an allen anderen Tagen nicht?«

Jetzt antwortet Matteo etwas langsamer und mit leiserer, rauerer Stimme:

»Du meinst, das Sterben liegt so lange in der Luft, bis wirklich gestorben wird? Und erst dann wird klar, Mensch, wenn das hier Sterben ist, dann waren wir davor doch eigentlich echt lebendig, dann war wohl das mein *Leben*?«

»Right!« Liam beginnt jetzt, mit den Fingern beider Hände laut zu schnippen und seinen Körper rhythmisch dazu zu bewegen. Dabei rappt er überraschend melodisch in Richtung Publikum:

»Du ackerst ohne Ende, denn du willst später jemand sein,
mit iPhone, iPad, Riesen-Grill und wahnsinnig viel Schein.«

Matteo nimmt den Rhythmus auf, wenn auch deutlich zurückgenommener. Dabei entsteht ein Rap-Dialog, bei dem die Jungs immer abwechselnd am Mikro stehen.

»Doch eh du dich's versiehst, hast du ein Riesenproblem,
bist kein YouTube-Star, kein Model und schon gar nicht die Queen!«

»Deine Zettel vom Amt füllst du immer brav aus,
trägst Namen ein und Alter und wo es steht, dein kleines Haus.«

»Doch du lügst dir in die Tasche und bist froh, dass keiner fragt,
was du liebst, was du denkst, wo dein Lieblingstraum parkt.«
»Denn dann müsstest du erst suchen in den Weiten deines Hirns,
in der Enge deines Herzens oder der Höhe des Gestirns.«

Beide Jungs springen an den Rand der Bühne und rappen jetzt gemeinsam:

»Alle Tage ohne Tod werden todschick aufbereitet,
der Welt unterbreitet, alle vom Fake-Bild geleitet.
Ich texte und ich blogge, ich selfie und ich chatte,
und klar, ich poste jederzeit mit jedem um die Wette.
Ich zeige mich, beweise mich vor tausend fremden Leuten.
Hüpfe hoch, hüpfe nieder, doch welch Wunder – find mich schwer im Fremdbild wieder.

Aber am letzten Tag meines Daseins
darf ich mir meines Lebens einmal klar sein,
wahr sein, *mein* Star sein, einfach nur mal da sein.
Mann, wie freu ich mich darauf!
Schade allerdings: so kurz! Nur ein Tageslauf!«

Beide Jungs sind nach dem letzten Wort mitten in der Bewegung erstarrt – als wäre gerade wirklich alles Leben aus ihnen gewichen. Wie ein Denkmal stehen sie da.

Ganz im Gegensatz zum Publikum. Das legt jetzt so richtig los. Es klatscht, johlt, und einige trampeln zusätzlich mit den Füßen. Nach einer Minute ist klar, die beiden werden einen Platz ziemlich weit vorne bekommen, wenn nicht ganz vorne.

Und ich, ja, ich bin auch ganz angetan. Nein, eigentlich bin ich ziemlich beeindruckt. Vor allem von Liam. Der hat eine super Performance hingelegt. Dass der auch noch so gute Texte erfinden kann, überrascht mich ein wenig. Ich habe ihn eher für einen Show-Menschen gehalten, für den, der auf der Bühne den Text eines anderen Autors aufführt. Sich vor allem mutig nach vorne stellen kann. Okay, Matteo und er haben den Text sicher zusammen geschrieben, aber trotzdem. Liam ist für mich nach diesem Abend noch anziehender geworden.

Matteos Auftritt hat dagegen insgesamt doch deutlich zurückhaltender gewirkt, eben eher wie der eines Buch-Nerds. Aber bei Matteo beeindruckt mich dafür, dass der neben seiner Aufführung in sieben Tagen überhaupt noch an etwas anderes denken, überhaupt noch was anderes machen kann und will ...

Ich höre mir noch drei weitere Slammer und Slammerinnen an, sie sind alle ziemlich gut. Dann entdecke ich die ganze Crew wieder.

Liam, Matteo, Kira, Linus und Kaspar haben sich an den Rand des Publikums gestellt und hören den nachfolgenden Mitstreitern aufmerksam zu. Nur hin und wieder treffen sich meine Blicke mit ihren. Mit Kira verschwörerisch grinsend, mit Matteo freundlich lächelnd und mit Liam – seufz – mit Liam so intensiv aufregend.

Und als Matteo und Liam am Ende auf die Bühne gerufen werden, weil sie sage und schreibe den zweiten Platz belegt haben, da bin ich richtig stolz auf sie. Es stört mich nicht einmal, dass kurz nach Ende der Veranstaltung – noch bevor ich mich wieder zu den anderen durchgedrängelt habe, plötzlich eine ganze Schar Mädchen wie aus dem Nichts auftaucht und die vier umzingelt. Sie kichern und lachen vor allem mit Liam, knuffen ihn und scheinen ihn wirklich gut zu kennen. Und er ist wie immer: charmant und lustig in alle Richtungen. Er kennt ja immer Hinz und Kunz.

Matteo und Kira ziehen ihn endlich weg und raus zum Parkplatz, und ich laufe hinterher. Als beim Einsteigen ins Auto mein Arm Liams Arm streift, ist es, als würde mich ein Stromstoß durchfahren. Wir sehen uns an, dann steige ich schnell hinten ein, etwas LUVig, ich weiß, aber mir fällt überhaupt nichts ein, was ich sagen könnte.

Auf der Rückbank bin ich dann heilfroh, dass es okay, ist, dass mein Kopf nach einer Weile immer wieder gegen Matteos gemütliche Schulter sinkt. Ich bin einfach zu müde nach diesem aufregenden Tag. Von der anderen Seite sackt Kira gegen Matteo – sie wirkt auch ziemlich erschöpft. Kurz vor dem Einschlafen sehen Kira und ich uns über Matteo hinweg noch einmal triumphierend an: Immerhin hat Kira gleich beim ersten Mal den 10. Platz von 20 Teilnehmern belegt! Als ich wenig später noch einmal aufwache, sehe ich, wie Liam sich umdreht und sich mit irgendeiner Bemerkung zu Kaspar über das witzige Bild, das wir wohl abgeben, amüsiert. Aber auf mir verweilt Liams Blick etwas länger, das kann ich sogar im Halbschlaf erkennen. So, so aufregend!

KAPITEL 22

Er mag mich … Er mag mich nicht … Er mag mich … Er mag mich nicht …

Wie soll ich nur schlau werden aus Liams WhatsApp-Nachricht, die ich vorhin erhalten habe:

»Hi Schwesternflüsterin, der Text meiner Schwester gestern hatte es ja in sich. Hoffentlich denkst du jetzt nicht, ich wär so ein Bruder-Monster. Ich hab auch meine guten Seiten, ehrlich! Hoffe, du kommst trotzdem mal wieder mit als toller Schwestern-Coach. Werde ich dich eigentlich bei der Theateraufführung im Publikum sehen? LG Liam«

Da ist ja der Text, der heute Morgen wieder an meiner Schuppentür hing, noch klarer. Und der ist schon unklar genug.

Warum hat man manchmal so eine Angst, sich zu zeigen – zu zeigen, was man wirklich will?

Checklistenversuch 3 vom Checklistenanfänger:

1. Weil der Traum so groß ist, und wenn er zerplatzt, es viel zu sehr wehtut?
2. S.o.
3. S.o.
4. S.o.

Ich glaube, die wirklich relevanten Fragen dazu sind gestellt.
Und die Antwort ist auch klar.
Kennst du das?

Dein Checklistenanfänger

Allerdings, und ob ich das kenne. Deshalb kann ich mich doch nicht zurückhalten und muss entgegen meinem Plan gleich noch einmal antworten – obwohl ich immer noch nicht weiß, wem ich da eigentlich schreibe. Aber eins ist klar: Ganz doof ist der / die nicht, und ich kann seine / ihre Gedanken so gut verstehen.

Allerdings kenne ich das!
Bisher habe ich mich, muss ich ja gestehen, auch meistens für das »Sich-nicht-Zeigen« entschieden.
Und was habe ich erhalten? Dann auch NICHTS.
Das muss ich auch gestehen.
Allerdings auch keine Katastrophen.
Oder ist das Ausbleiben dessen, was man sich von Herzen wünscht, die viel größere Katastrophe?

Ich mache dir einen Vorschlag: Erfinde du eine Checkliste für mich, mit deren Hilfe ich das obige Thema klären kann. Und wenn sie funktioniert, dann werde ich akzeptieren, dass du mein anonymer Checklistentexter bleibst. Bei mir ist das Thema nämlich gerade so etwas in der Art wie »akut«.

Checklistenprofi Luv, die dringend eine Checkliste braucht

Heute, am Sonntag, laufe ich gleich ganz früh zur Hütte rüber. Und wirklich. Ich habe wieder Post:

So, so, das Thema ist so etwas in der Art wie »akut« bei dir? Dann will ich mal die Ärmel hochkrempeln und mich an die Arbeit machen. Klärungs-Arbeit vom Feinsten. Let's go!

Checklistenversuch Nummer 4
Betrifft dein Nicht-Mut ...
a) ... einen Gegenstand?
b) ... eine Reise?
c) ... eine (fleischfressende ☺) Pflanze?
d) ... einen Handy-Tarif?
e) ... einen Menschen?

Bitte um Beantwortung, sonst kann ich keine vernünftig funktionierende Checkliste ausarbeiten.

Gruß vom Checklistenanfänger, der den ersten Auftrag hat 😊 (Juhuuu)

Den ganzen Sonntag überlege ich beim Basteln, ob ich diese »Hütten-Listen-Post« wirklich weitertreiben soll. Doch noch am gleichen Abend muss ich einfach dies aufhängen:

Okay, mehr Infos brauchst du? Kenne ich. Sollst du haben: Ich nehme e).
Und noch während ich dies schreibe, frage ich mich, ob auch das schon zu viel verraten ist. Aber ich wage es jetzt mal und pinne den Zettel wieder an die Tür.

Checklisten-Profi, die langsam wirklich neugierig auf die Antwort ist

PS: Sehr nett finde ich übrigens die Wortkreation »Nicht-Mut«. Hört sich irgendwie so verständnisvoll an …

Und am nächsten Morgen, noch vor der Schule, finde ich dies:

Oh ja, verständnisvoll kann ich. Manchmal zu sehr. Vor allem für andere. Und dabei kann man manchmal ganz gut sich selbst aus dem Blick verlieren. Ich meine, das Verständnis für sich selbst …
Aber das ist ein anderes Thema und gehört jetzt nicht hierher.

Ich habe über deiner angefragten Checkliste gegrübelt. Du traust dich also in Bezug auf eine bestimmte Person etwas nicht …
Also, hier kommt die Liste.

Checklistenversuch Nummer 5
Dies könnte man sich zur Klärung fragen:
1. Was will *ich* von der Person?
2. Wie kann *ich* es ihr zeigen?
3. Wie tröste ich mich, wenn sie nicht das will, was ich will?
4. Wie schaffe ich es, hinterher nicht zu glauben, es klappt nicht, weil ich nicht gut genug bin?
5. Habe ich jemanden, der mir dabei hilft, mich dann nicht für den völligen Loser zu halten (Freundinnen / Freunde)?
6. Eventuell: Auf welche Person kann ich danach meine Aufmerksamkeit lenken, die mich eher verdient hat?
7. Welchen Sinn kann es gemacht haben, dass die bestimmte Person etwas anderes wollte als ich?
8. Habe ich damit womöglich sogar Glück gehabt?

So, vielleicht kannst du diese Liste ja mal versuchen. Den positiven Fall, dass die Person das will, was du willst, habe ich jetzt mal weggelassen, das ergibt dann keine Liste, sondern nur ein breites

Grinsen ☺. Und endet wie Punkt 8 oben: Glück gehabt.
Und wahrscheinlich sollte ich dir jetzt viel Glück bei deinem Vorhaben wünschen ...

Gruß vom Anfänger

Etwas fassungslos halte ich diese Liste in der Hand. Die finde ich ziemlich grandios. Warum ist die mir bisher so nicht selbst eingefallen?

Und dann trifft mich ein Gedanke mit Riesenwucht. Was, wenn dieser anonyme Schreiber vielleicht *Liam* selbst ist? Wenn er mir sozusagen – vielleicht unwissentlich – eine Anleitung dazu gibt, wie ich in seinem Fall vorgehen könnte? Oh Mann, oder wer kommt bloß sonst noch in Frage? Doch Laila? Die jetzt irgendwie den Kontakt mit mir nicht verlieren will? Aber doch nicht zugeben möchte, dass sie vielleicht etwas überreagiert hat neulich? Und mein Misstrauen auch nicht völlig aus der Luft gegriffen ist?

Aber dann fällt mir plötzlich noch eine Bemerkung von Matteo vorvorgestern am Rande des Poetry-Slams ein. »Kira hat schon von dir gehört, Luv, über Liam und mich. Schätze, sie hatte sich gewünscht, dass du mitkommst. Schüchtern sein, aber viel draufhaben. Das hat ihr so gefallen ...«

Ja, und witzig, genauso habe ich Kira quasi doch auch empfunden. Eine Seelenverwandte? Ist sie es etwa, die mir hier schreibt? Deshalb fühle ich mich so gut verstanden?

Deshalb fühle ich mich dem Schreiber erstaunlich nahe, ohne ihn wirklich zu kennen? Das wäre auch toll. Insgeheim hoffe ich allerdings, es möge Liam sein … Aber das ist wohl zu viel verlangt. Einen Jungen wahnsinnig anziehend finden und sich dann auch noch so verstanden fühlen …? Gibt es das? Und würde sich Liam wirklich so ein Bein für mich ausreißen und seit Tagen meine Hüttentür volltexten?

Seufz, wie kann ich das nur herausfinden? Mich auf die Lauer legen? Schon wieder? Nein, zu unwürdig. Das habe ich jetzt schon zu oft getan und immer habe ich mich dabei sehr schlecht gefühlt. Ich muss das anders lösen.

Aber demnächst muss ich unbedingt mal ausprobieren, ob die Liste sich für mein »Liam-Problem« erfolgreich einsetzen lässt … Ähem, vielleicht sollte ich sie in den nächsten Tagen wirklich mal Punkt für Punkt durchgehen – schluck. Super Idee! Sehr leise noch mal: schluck.

KAPITEL 23

Heute nach der Schule steht Kira plötzlich in meinem Schuppen! Eigentlich sollte ich überrascht sein, wie sie hierhergefunden hat. Bin ich aber nicht. Sie meint, Matteo hätte ihr schon vor einer Weile von meiner Werkstatt erzählt. Habe ich mir ja auch fast schon gedacht …

Und jetzt komme sie, sagt sie, weil sie Matteo helfen wolle. Der habe ein Riesenproblem mit den Schirmständern für die Segel – vier von den sechs ließen sich nicht mehr feststellen, der Klemmmechanismus sei kaputt, sodass die Segel sich nicht mehr hochstellen ließen. Dadurch könnten die Zuschauer den daran befestigten Stoff aber nicht mehr als Segel erkennen – und das verhunze optisch das Herzstück der Aufführung (Kussszene!).

Und deshalb würde Matteo nun kopfstehen – drei Tage vor der Aufführung. Der könne gar nicht mehr klar denken und habe gestern schon den ganzen Nachmittag vergeblich versucht, die Ständer zu reparieren … Und sie wolle mich fragen, ob ich nicht ausnahmsweise noch einmal mitkommen könne. Vielleicht hätte ich ja noch eine andere Idee, was man statt der Schirmständer nehmen könnte. Vier neue zu kaufen sei einfach zu teuer und würde den Schuletat für das Stück sprengen. Außerdem brauche Matteo noch rollende Platten, weil die antiken Säulenreste ja zweimal reinmüssten und sie bei den Proben immer viel zu schwer und unhandlich gewesen seien für schnellen Bühnenauf- und -abbau. Sie wisse, dass er mich nicht mehr fragen würde, er habe eh schon das Gefühl, dass ich zu viel gemacht hätte bei der ganzen Sache. Und so, wie sie ihn kenne, wolle er eben keinem zur Last fallen …

Tja, und ich? Ich habe eigentlich gerade mit dem Streichen der Hütte angefangen – endlich, denn der 5. Dezember steht ebenfalls vor der Tür (noch eineinhalb Wochen!) und damit auch Lavinia! Hoffentlich, wenn nichts dazwischenkommt … Außerdem muss ich noch Bio machen.

Aber Matteo jetzt hängen lassen? Das will ich auf keinen Fall. Schließlich habe auch ich wochenlang dafür gearbeitet, dass dieses Theaterstück ein Erfolg wird – und da soll ich Matteo im letzten Moment im Stich lassen? Das geht ja gar nicht. Dafür hat er schon viel zu oft mir geholfen … und offensichtlich ist Bühnenbau ja wohl das Einzige, was ich wirklich hinbekomme …

Also gehe ich mit. Im Notfall muss ich die Bio-Hausaufgaben eben morgen in der Pause ausnahmsweise mal von Jella abschreiben. Dass Matteo sein Stück noch gerettet bekommt, für das er seit Monaten gearbeitet hat, interessiert mich einfach viel mehr als »der Bau und die Lebensweise der Libelle«. Echt jetzt!

Als Kira vor mir in die Aula tritt, höre ich Matteo sofort erleichtert rufen: »Kira-Kara, so cool, dass du kommst! Ich verzweifle hier gleich und kann jede Hand und Idee gebrauchen … auch wenn du nicht gerade meine beste *Bau*-Freundin bist und ›Werkzeug‹ nicht gerade dein zweiter Vorname ist …«

Ich muss kichern, während ich hinter Kira eintrete. »Kira Werkzeug Svenson hört sich ja auch eher grenzwertig an …«, meine ich, doch mein Lachen bleibt mir im Halse stecken, denn ich habe nicht damit gerechnet, dass sich Matteo über mein Erscheinen so viel weniger freuen würde als über Kiras. Hat er immer noch ein schlechtes Gewissen wegen seiner heimlichen Hüttenbesuche mit Laila? Er wird jedenfalls etwas blass und meint leiser: »Oh, äh, Luv, du hast tatsächlich auch wieder Zeit …?!«

Und das, obwohl *mein* zweiter Vorname wahrscheinlich tatsächlich ganz gut »Werkzeug« oder »Bausüchtig« oder »Bastel-Queen« lauten könnte.

Bei dieser Vorstellung muss ich aber glücklicherweise schon wieder grinsen, sodass mein komisches Gefühl schnell weg ist und ich nur frage: »Kannst du mich denn heute überhaupt gebrauchen?«

»Ob ich dich ge-gebrauchen kann?«, stottert Matteo etwas schwerfällig. Diese nachdenklichen Typen haben wahrscheinlich manchmal einfach Schwierigkeiten, sich auf Spontanes einzustellen … Doch dann grinst Matteo glücklicherweise endlich zurück und meint nur: »Das kann man wohl sagen!«

Yep! Das habe ich gehofft. Also, Ärmel hochkrempeln und los!

Eine ganze Weile werkeln wir an den Schirmständern herum. Aber mir fällt auch keine Lösung ein, wie man die Hebel wieder reparieren könnte – die Ständer müssen schon uralt sein und es ist wohl nur eine Frage der Zeit gewesen, dass daran diese alte Plastikklemmung gebrochen ist. Während der letzten Proben mit Bühnenbild sind sie wahrscheinlich einfach zu häufig auf- und zugemacht worden. Aber da ich ja so ein Recycling-Typ bin, muss ich nach kurzer Zeit bei der Form der langen Plastikrohre der Schirmständer an die drei alten Besen denken, die wir beim Entrümpeln des Schuppens gefunden haben und erst mal in unseren Keller gestellt haben, wo sie immer noch ihr etwas zerrupftes Dasein fristen.

»Komme gleich wieder!«, sage ich also, für die anderen wahrscheinlich etwas nebulös, und laufe zurück nach Hause. Einen Versuch ist es wert.

Mit einem nassen Lappen wische ich den gröbsten Dreck und Staub von den Besen, schnappe mir noch meine große Bohrmaschine aus dem Schuppen, für die ich mir eine extra schicke, stabile Tasche genäht habe, stecke eine kleine Säge, eine Schere und eine Zange sowie etwas Metalldraht dazu und greife mir noch schnell mein längstes Verlängerungskabel. Damit eile ich zurück.

Matteo zieht eine Augenbraue hoch, als er mich, so schwer beladen, wieder hereinschwanken sieht. Dann hüpft er von der Bühne, nimmt mir die Besen ab und meint grinsend:

»Na, hast du 'nen kleinen Nebenjob als Reinigungskraft im Auge? Aber bist du sicher, dass du mit *diesen* Besen auf dem neuesten Stand der Technik bist ...?«

»Sehr witzig!«, entfährt es mir so spontan und frech, wie es mir sonst eigentlich nur bei Freunden passiert. Selbst davon überrascht, sehe ich Matteo schnell an. Der grinst aber nur noch breiter – so, als würde er diesen kleinen Schlagabtausch genießen. Es ist ja vielleicht auch wirklich ein gutes Zeichen. Ich nehme an, unbewusst habe ich ihn schon in den Kreis der mir Vertrauenswürdigen aufgenommen – dann höre ich nämlich immer auf, alles, was ich sagen will, dreimal durchzuchecken, bevor ich es aus meinem Mund entlasse. Mein Unterbewusstes scheint also schon entschieden zu haben, dass ich ihm vertrauen kann, während mein Verstand noch an seinen etwas dubiosen Hütten-Aktionen häkelt ... auch interessant. Vielleicht brauche ich dafür doch mal eine Liste ... Aber das muss warten. Jetzt ziehe ich zur Verwunderung von Matteo und Kira erst einmal den Besenkopf vom Stiel, stemme das Plastikrohr aus einem der Schirmständer und stecke stattdessen den Besenstiel hinein. Passt perfekt. Triumphierend sehe ich mich um.

»Ähem ...«, murmelt Matteo.

»Und jetzt?«, fragt Kira stirnrunzelnd, und man sieht ihr an, dass sie nun doch etwas an meiner Kompetenz zweifelt.

»Wie sollen wir daran denn die Segel befestigen? Ohne Klemmgriff und alles? Das verrutscht doch ständig.« Sie legt den Kopf schief, so als würde ihr das eine neue, erfolgversprechendere Perspektive verschaffen.

Ich baue in der Zeit einfach meine Bohrmaschine zusammen und stecke das Verlängerungskabel ein.

»Würdet ihr mal kurz halten? Bitte beide ganz mittig am Besenstiel?«

Dann setze ich die Maschine an und bohre am oberen Ende des Besens ein Loch, durch das mein dünner Metalldraht passt, und am unteren Ende ebenfalls. Es werden eins a saubere Löcher. Zufrieden sehe ich Matteo und Kira an. Die zucken nur mit den Schultern, als hätten sie sich damit abgefunden, dass ich einen etwas undurchschaubaren Plan verfolge, von dem sie hoffen, dass er ihnen am Ende nicht zu lachhaft erscheinen wird.

Aber ich will erst einmal ausprobieren, ob meine Idee funktioniert, bevor ich hier lange Reden dazu schwinge. Deshalb montiere ich bereits den Bürstenkopf des nächsten Besens ab und montiere den Stiel in einen anderen Schirmfuß. Anschließend säge ich zwei Drittel des Rundholzes ab, sodass nur noch ein kurzer Stumpf übrig bleibt. In diesen bohre ich ebenfalls ein Loch. Nun schneide ich mir drei Stücke von meinem mitgebrachten Metalldraht ab, fädele je eins durch ein Loch und fabriziere eine Art Ring, indem ich die Enden mehrmals miteinander verschlinge.

Als ich einmal kurz hochblicke, sehe ich, dass Matteos Mund ein verstehendes Lächeln umspielt. Er sagt aber nichts, sondern beobachtet mein Treiben weiter. Ich schiebe die beiden Schirmständer mit den Holzstielen so weit zusammen, dass man gerade ein Segel gut dazwischensetzen kann. Ich befestige die Bänder, die an den drei Ecken des Segels sitzen, an jeweils einem Drahtring – zwei an dem langen Rundholz, eins an dem kurzen. Als ich die beiden Schirmständer dann noch etwas auseinanderschiebe, spannt sich das Segel wunderbar auf und sitzt fest und straff. Ich sehe mich um und freue mich über die zufriedenen Gesichter von Kira und Matteo.

»Bau-Queen! Und kreative Schnell-Denkerin übrigens auch!«, murmelt Matteo.

»Wirklich eine coole Idee!«, meint Kira lauter. Dann hüpft sie auf mich zu und umarmt mich ausgelassen. »Wusste ich doch, dass es gut ist, dich zu holen!«, ruft sie, während sie mich freudig im Kreis dreht. Ich versuche mich allerdings ziemlich rasch wieder aus ihrer Umarmung zu befreien, denn ich will sofort noch den anderen Besen fertigbekommen. Außerdem fehlt uns ja jetzt noch ein weiteres Rundholz. Und hat Kira nicht auch etwas von rollbaren Untersetzern für die antiken Säulenreste gesagt, die noch fehlen würden? Um es den Auf- und Umbauern des Bühnenbildes leichter zu machen?

»Sag mal, wenn du gerade schon etwas Werkzeug da hast, hättest du nicht zufällig noch kurz Zeit, mir beim Bau der Untersetzer für die Säulenreste zu helfen? Oder musst du schnell wieder los?«

Das ist ja fast schon Gedankenübertragung! Allerdings kann Matteo manchmal so schüchtern fragen, dass man nicht glauben würde, dass er zwei Klassen über mir ist und ganz gut einen Stab voller Schauspieler »herumkommandieren« kann.

Kira guckt mich hoffnungsvoll an, das sehe ich aus den Augenwinkeln. »Oh, ja, bitte, Luviluv! Ich lasse hier auch 'ne tolle Playlist für euch laufen. Helfen tue ich jetzt lieber mal nicht, sonst habt ihr gleich neue, richtige Probleme ...« Kichernd tippt sie auf ihrem Handy herum, und schon erklingt einer meiner ruhigen Lieblings-Songs. Ich sehe Matteo an und bin überrascht, wie viel Hoffnung in seinem Blick liegt. Es ist, als hätten sich seine tiefbraunen Augen noch weiter verdunkelt, und für einen kurzen Moment lässt er meinen Blick nicht los. Ich schlucke. Na klar will ich ihm noch helfen! Deshalb bin ich ja hier. Ich hebe nur bestätigend meine Bohrmaschine hoch und lache ihn an. Sag es mit der Bohrmaschine, schießt es mir kurz durch den Kopf, und ich muss schon wieder grinsen. Er grinst erleichtert zurück.

Und dann gibt es für uns beiden Handwerker kein Halten mehr. Zuerst finden wir noch ein Stück Holz, an dem wir das zweite Segel befestigen können. Dann geht es an die Untersetzer. Matteo hat glücklicherweise schon das nötige Material besorgt (deshalb war der Bühnenbau-Etat wahrscheinlich auch endgültig erschöpft), das er jetzt aus dem Requisitenraum hinter der Bühne holt. Und nachdem wir zusammen eine kleine Skizze angefertigt haben, verteilen wir die Aufgaben und sägen und bohren, schleifen und schrauben, dass die Bühne nur so wackelt.

Kira versucht, uns dabei mit ihren wechselnden Playlists bei Laune zu halten, und das gelingt auch richtig gut. Zwischen unserem Baulärm ertönen coole Songs, und Kira macht dazu immer wieder ausgelassen ein paar Moves am

Rand der Bühne. Matteo und ich müssen mehrmals über ihre lustigen Verrenkungen lachen. In den seltenen Momenten, in denen ich von meiner Arbeit hochsehe, erblicke ich also entweder die tanzende Kira oder Matteo, mit hochrotem Kopf wahnsinnig konzentriert auf das sorgfältige Behandeln des Holzes.

Er macht das mit einer Geduld und Sorgfalt, die mir imponiert. Ich liebe ja meistens den etwas schnelleren Effekt und widme mich selten einem Holzstück so lange. Ich weiß aber, dass das zu sehr schönen Ergebnissen führen kann. Einmal fühle ich mich regelrecht ertappt, als ich ihn gerade wieder beobachte, wie er mit seinen großen Händen langsam und mit sanftem Druck über das Holz streicht, das er gerade schleift, um zu fühlen, ob es noch Unebenheiten oder gar Splitter gibt. Eigentlich braucht man bei diesem Holz für die rollenden Untersetzer ja nicht so genau zu arbeiten. Aber ich schätze, er muss die Dinge, die er tut, immer gründlich machen. Außerdem scheint er eine Vorliebe für schönes Holz zu haben. Sein Blick hält meinen kurz fragend fest, als er spürt, dass ich ihn beobachte. Hitze schießt mir sofort ins Gesicht, als hätte ich etwas Falsches getan. So ein Quatsch! Nur voll LUVig eben. Deshalb lächle ich noch schnell und widme mich dann wieder intensiv meinen Bohrlöchern.

Wir merken kaum, dass sich Kira um 19.30 Uhr verabschiedet, und nur die Stille zwischen unserem Baulärm macht uns darauf aufmerksam, dass unser Discjockey verschwunden ist. Wir sind mittlerweile total eingestaubt von den ganzen Sägespänen, die um uns herumschwirren. Und nach dem stundenlangen Bauen haben wir hochrote Gesichter.

Nachdem wir gegen 20.30 Uhr endlich die letzten Rollen unter die fünf Untersetzer geschraubt haben, lassen wir uns erleichtert auf je einen Untersetzer sinken. Sie halten uns gut aus und rollen leichtgängig. Juhuu! Geschafft. Glücklich strahlen wir uns mit sägespanverhangenen Wimpern an. Doch mein Glücksgefühl hält nicht lange an. Gerade will ich aufstehen, um aufzuräumen. Da entschließe ich mich, schnell noch einmal auf mein Handy zu gucken. Und leider finde ich da gleich zwei haarsträubende WhatsApp-Nachrichten:

»Kann vielleicht doch nicht kommen ... so sorry ... Ruf mich an! LG Lavinia«

Und:

»Jetzt sind auch die letzten beiden Windlichter auf Deiner Schuppenterrasse kaputt. Habe dich eben gesucht, und da habe ich sie gefunden. Das waren die bunten, die ich so gerne mochte ... Wo steckst du überhaupt? Melde dich und komm nach Hause! Mum«

Ich muss aussehen, als hätte mich gerade ein Laster gerammt, denn Matteo rollert auf seinem Untersetzer direkt neben mich und brummt mitfühlend: »Schlechte Nachrichten?«

In diesem Augenblick geht die Aulatür auf und Laila steckt ihren Kopf herein. Mein Herz schlägt sofort schneller, ich habe sie außer in der Schule lange nicht woanders getroffen ... Was will sie denn bloß um diese Zeit noch hier? Ist das jetzt der Moment, in dem wir endlich wieder richtig miteinander reden ...? Aber als sie mich sieht, zuckt sie sofort zurück und ich höre nur noch ein gemurmeltes »Schon gut ...« Und weg ist sie wieder.

Kann sich denn wirklich nichts in meinem Leben einfach mal eine Weile richtig gut anfühlen? Wieso ist schon wieder alles so verworren und komisch und ja, auch ein bisschen unheimlich? Ist der Zerstörer diesmal wieder *vor* der Hütte am Werk gewesen? Und kann es sein, dass Lavinia wirklich nicht kommen wird?! Ich baue seit Wochen, auch für sie – oder zumindest für unser Treffen – an dem Schuppen! Und ich brauche dringend mal wieder jemanden, mit dem ich sprechen kann. Über all die merkwürdigen Ereignisse hier ... Wieso habe ich überhaupt so einen anonymen Hüttentür-Texter, zum Beispiel? Und wieso ist Laila immer noch so abweisend zu mir? Oder ist sie etwa gerade aus unserem Garten gekommen, wo sie die letzten Windlichter, die ich noch gewagt habe, draußen zu lassen, zerbrochen hat? Eigentlich will ich jetzt aber endlich wieder alle meine Kakao-Katzen zurück ... Wenn mir doch nur etwas einfiele, wie ich die Sache wieder in Ordnung bringen kann ... Aber geht das überhaupt, während weiterhin Sachen zerstört werden? Und warum kann ich nicht endlich mal was Mutiges in Richtung Liam machen, wie feige bin ich eigentlich? Oh nein, ich will mich nicht wieder in diesen blöden Gedankenschlaufen verfangen ...

»Räumen wir schnell auf, und dann muss ich los«, murmele ich deshalb zu Matteo, der mich immer noch ganz mitfühlend ansieht.

»Klar«, meint er rau, und ich merke, dass er auch ganz schön fertig von unserem Nachmittag ist.

Als wir raustreten, gibt es allerdings die Überraschung des Monats (November!). Dicke Schneeflocken wickeln das ganze Schulgelände in eine weiße reine Decke, und wir bleiben sofort stehen und lassen uns die weichen Flocken ins Gesicht rieseln. Ich schließe die Augen und atme tief durch.

Die Luft bei Schneeflockenregen ist immer ganz besonders – feucht und frisch und so, ja, so voller Hoffnung. Hoffnung auf einen weißen Winter mit tiefer Schneedecke und ganz viel Schneespaß. Idyllisches Schneerieseln, während man drinnen bei einem leckeren Kakao dem Flockentreiben zuschaut … und … und … Weiter komme ich nicht mit meinen Schnee-Duft-Philosophien, denn da rinnt mir plötzlich etwas so Eiskaltes den Rücken hinunter, dass ich aufschreie, als hätte mir jemand ein Messer an die Kehle gesetzt. Das dunkle Lachen hinter mir verrät mir, dass Matteo der Übeltäter ist. Er hat meine kleine spontane Schnee-Meditation für einen spontanen Schneeüberfall genutzt. Und nun gibt er hinter mir bereits Fersengeld und rennt durch den Schnee des Schulhofes, als wäre die Mafia hinter ihm her. Ist sie quasi auch. Denn ich habe nicht gerade friedliche Gedanken, als ich ihn verfolge, so schnell ich laufen kann. Natürlich mit einem dicken Brocken Schnee in der Hand.

Als er über einen Fahrradständer stolpert, der gut unter

dem Schnee verborgen liegt, und lang hinfällt, ist mein Moment gekommen: Ich stelle mich über ihn und hole weit aus mit meinem Schneebrocken, um ... doch da ist es Matteo schon gelungen, eines meiner Beine wegzuziehen, sodass ich einfach umkippe. Glücklicherweise auf ihn drauf, denn ich lande recht weich auf seiner dicken Daunenjacke. Das hat er sich wohl etwas anders vorgestellt. Aber nun versuche ich kichernd, ihm den Restschnee, der noch an meinem Handschuh klebt, ins Gesicht zu reiben.

Matteo hält meine Hand fest und so fällt nur ein kleiner Teil des Schnees in seinen Halsausschnitt. Immerhin genug, damit nun auch er aufjault angesichts der Eiseskälte, die ihm wahrscheinlich gerade langsam die Brust runterläuft. Ich kann nicht anders, es ist, als würde alle Anspannung des Tages und der letzten Monate von mir abfallen: Ich kichere und kichere und kann gar nicht mehr aufhören. Vielleicht hätte ich wahlweise auch schluchzen können, ich weiß es nicht.

Und Matteo? Er wird immer ruhiger und irgendwann merke ich, dass er die Arme um mich gelegt hat und mich festhält. Damit ich nicht runterrolle von ihm, in den kalten Schnee, oder damit ich wieder zur Ruhe komme ... Oder ... oder ... oder ... In jedem Fall fühlt es sich mordsmäßig gut und warm an, und ich beruhige mich wirklich immer mehr. Und einen ganz kleinen Moment lang bleibe ich dann auch noch liegen, mein Gesicht in seine Jacke vergraben, und genieße den Frieden und die Ruhe und die Wärme, ja, und ein bisschen auch seinen Geruch, Honig-Holz, mein Lieblingsduft.

Als ich mich endlich wieder ein wenig hochrappele und ihn anblicke, sehe ich wahrscheinlich aus wie eine Schneefrau mit Sturmfrisur. Aber das stört mich kaum, denn Matteo lacht mich so warm an, dass klar ist, ich bin auch so okay – als Schneemonster –, und dies ist damit einer der seltenen Momente, in denen mir gar nichts peinlich ist. Obwohl es mit Sicherheit ein Zeitpunkt ist, an dem ich so merkwürdig aussehe und mich auch gerade so seltsam benommen habe wie selten zuvor.

Ich glaube, ich mache Fortschritte.

Eine Sekunde später ist der Gedanke schon wieder verflogen, denn ich höre eine Stimme von irgendwo hinter uns. Ziemlich tief. Und sie erzeugt sofort eine Gänsehaut bei mir. Wie aus dem Nichts tritt Liam plötzlich näher und meint: »Schneekuscheln? Macht das nicht im Warmen mehr Spaß?«

Hilfe, erst jetzt fällt mir auf, wie das hier wirken muss! Ich stehe schnell auf und trete von Matteo weg – kann aber nicht verhindern, dass mein Kopf knallrot wird, das spüre ich selbst. Als hätte Liam uns wirklich bei etwas ertappt. So ein Schwachsinn! Trotzdem pocht mein Herz wie verrückt, und mir wird so heiß, dass man denken könnte, ich wäre in einer Sauna und nicht mitten im Schnee bei Temperaturen sicher unter minus 5 Grad …

»Wir, äh, wollten nur …«, stammele ich ziemlich kleinlaut, breche dann aber ab, weil ich eigentlich gar nicht weiß, was wir eigentlich gewollt haben ... Spaß im Schnee wahrscheinlich ...

»Schon gut, mir braucht ihr ja gar nichts zu erklären. Ich wollte mir nur mein Fahrrad schnappen, und dann bin ich auch schon wieder weg.« Liam dreht sich um und geht mit großen Schritten zu seinem Fahrrad.

Ich bin mir nicht ganz sicher, ob sein Tonfall ein bisschen gekränkt gewirkt hat ...

Ich beiße mir auf die Lippen. Mein Hirn arbeitet fieberhaft. Was kann ich tun? Los, Luv, mach endlich was! Versuche zu zeigen, was du wirklich willst ... hat mein anonymer Texter das nicht ziemlich am Anfang seiner Liste ungefähr so geschrieben?

»Ich, ähem, ich schreib dir nachher noch 'ne WhatsApp- ...«

Habe ich das Liam jetzt wirklich noch zugerufen?

Er dreht sich jedenfalls noch einmal um, lächelt und meint: »Ja, gern, Luv, tschau, bis dann!«

Ich Dummkopf, ich Dummkopf, ich Dummkopf! Warum musste ich ausgerechnet genau in dem Moment mit Matteo im Schnee rumliegen, in dem Liam vorbeikommt? Wie sieht das denn jetzt aus? Ich muss das Liam unbedingt erklären.

Matteo bringt mich noch schnell nach Hause, weil es auf seinem Weg liegt. Und weil er immer solche Ofen-Hände hat, wie er grinsend sagt, kann er mir auch gut seine Handschuhe leihen, meine sind nämlich komplett durchnässt. Ein Glück, mir wird langsam schon ganz schön fröstelig zumute, vor Übermüdung und Über-Aufregung wahrscheinlich.

Den ganzen Weg zurück grübele ich, was ich Wahnsinnige jetzt gleich bloß noch Liam schreiben soll.

Zu Hause nehme ich mir schnell noch einmal die letzte Liste von meinem Hüttentürschreiber vor und lese sie mir erneut sehr konzentriert durch:

> Checklistenversuch Nummer 5
>
> Dies könnte man sich zur Klärung fragen:
>
> 1. Was will *ich* von der Person?
> 2. Wie kann *ich* es ihr zeigen?
> 3. Wie tröste ich mich, wenn sie nicht das will, was ich will?
> 4. Wie schaffe ich es, hinterher nicht zu glauben, es klappt nicht, weil ich nicht gut genug bin?
> 5. Habe ich jemanden, der mir dabei hilft, mich dann nicht für den völligen Loser zu halten (Freundinnen / Freunde)?
> 6. Eventuell: Auf welche Person kann ich danach meine Aufmerksamkeit lenken, die mich eher verdient hat?
> 7. Welchen Sinn kann es gemacht haben, dass die bestimmte Person etwas anderes wollte als ich?
> 8. Habe ich damit womöglich sogar Glück gehabt?

Dann suche ich genauso konzentriert nach Antworten.

1. Was will *ich* von der Person (=Liam)?

a. Wissen, ob er mich mag?
b. Ich will, dass er mich mag?
c. Kontakt mit ihm, um a) herauszufinden?

Bessere Fragen fallen mir nicht ein. Aber eins ist klar: Wenn das meine Gedanken dazu sind, dann ist die Idee mit der WhatsApp-Nachricht heute Abend gar nicht so schlecht gewesen. Dann muss ich jetzt für den richtigen Text nur noch die nächste Checklistenfrage beantworten:

2. Wie kann *ich* es ihr (ihm) zeigen?

Äh, was denn nun eigentlich?

a. Dass ich Kontakt will?
b. Oder dass ich will, dass Liam mich mag?

Nee, b) ist natürlich totaler Quatsch.

Also a).

Ich atme tief durch, nehme mein Handy heraus und tippe wohl zehnmal eine Nachricht, die ich immer wieder umschreibe und lösche. Endlich steht da, gefühlte Ewigkeiten später:

»Hi Liam! Witzige Situation vorhin. Matteo und ich hatten noch am Bühnenbild gebastelt und waren so fertig danach, dass wir uns etwas im Schnee abkühlen mussten. Euer Text auf dem Slam war übrigens klasse! Würde mich auch gerne mal an Poetry versuchen. Könnte ich dir mal was zeigen, wenn ich es fertig habe? Vielleicht kannst du mir ’nen Tipp geben … LG Luv«

Und nach zehn Minuten, in denen ich sinnlos und etwas mutlos auf den Text starre und ihn immer und immer wieder in Winzigkeiten verändere, drücke ich mit zitterndem Finger auf SENDEN. Es kann endlich losgehen … Hoffentlich …!

KAPITEL 24

Doch dann überschlagen sich die Ereignisse in den nächsten Tagen plötzlich.

Liam und Laila werden BEIDE(!) krank, und ich muss in zwei Proben am Mittwoch und am Donnerstag einspringen UND die Kussszene dauernd mit Matteo üben. Lasse und Thore, unsere »Segelschieber«, haben herausgefunden, dass die Segel noch viel besser über die Bühne gleiten, wenn sie unter die Schirmfüße unsere neuen rollbaren Bretter setzen, und so düsen sie elegant damit hinter uns herum, während Matteo und ich immer entspannter sehr dicht beieinander im Vordergrund stehen. (So entspannt es eben geht, wenn der Ersatz-Hauptdarsteller gleichzeitig auch noch als Regisseur dauernd allen Anweisungen gibt ...)

Liam hat mir nicht mehr geschrieben auf meine WhatsApp-Nachricht – aber vielleicht auch einfach nur, weil er eben krank ist?

Im Schuppen wird meine gesamte Pinselsammlung geklaut, und zu allem Überfluss hängt dann auch noch folgender Text an der Tür:

Checklisten sind super,
Checklisten sind voll mein Ding!
Verworrenes und Krauses, galaktisch Dunkles,
schuppig Funkliges und herzhaft Kniffliges -
that's life! I like!

Sind mein Hirn und Herz im Streik,
frisst mein Auge Zeichen ohne Sinn,
stößt mein Mund aus Wörter, die sofort
zerschell'n am Kinn,
steht mein Ego ohne Plan am Bahnsteig,
fährt wohin?

Gib mir eine Liste für die Piste,
zeig mir einen Plan, der geht,
hol mir einen Stift zum Klären,
bevor mein ICH wie am Schmelzpunkt zart vergeht.

Doch hab ich alles aufgeschrieben,
Wörter ausgewogen abgemessen,
Sätze noch mit Farbe übergossen,
Inhalt deutlich durchgegessen,
dann, ja, dann ... kommt was?

Dann nehm ich endlich herzhaft Kniffliges
und schuppig Funkliges
schnell doch mal in die Hand.
Verworren Dunkles und mystisch Spannendes,

es glitzert wild auf meiner Haut, ein bisschen wie ein Brand.
Ich will's jetzt sehn und auch verstehn
und geh jetzt raus und tu's.

Luv, du wirst meine Seele nicht mehr, zerlegt in Buchstaben, an deiner Schuppentür finden, sondern real und im wirklichen Leben will ich dir jetzt Hinweise geben.

Man sieht sich.
Dein Listenanfänger, der Texten so liebt wie du!

Er / Sie will mir jetzt wirklich nicht mehr schreiben, sondern »Hinweise geben« ... und was soll das nun heißen? Gerade habe ich mich so ein bisschen an diesen Schuppentür-Dialog gewöhnt. Und was, bitte, kommt jetzt?

Doch bevor ich länger darüber nachdenken kann, ereilt mich die Hiobsbotschaft, dass Lavinia wohl wirklich nicht kommen kann. Zeitgleich gerate ich, zusammen mit dem ganzen Theaterensemble und Kira und Matteo, in eine Art »Vor-der-Aufführung-Panik-Rausch«, sodass ich nicht einmal mehr *darüber* länger nachgrübeln kann.

Ich kann mir auch nicht weiter mein Hirn über das Gespräch zermartern, das ich zwischen Mila und Franzi auf dem Schulhof mitangehört habe. Es ging darum, dass die beiden wohl von mir die Musikbox zurückfordern wollen, die sie mir kurz vor unserem Bruch geschenkt haben. Aber

Mila sagte, Laila wolle das *»auf keinen Fall«*. Was hat das nun wieder zu bedeuten?

Bei der Probe am Donnerstag, einen Tag vor der Aufführung, gibt der alte, schrill angemalte Stuhl unter Thore als griechischem Gott Orpheus seinen Geist auf. Nun fehlt plötzlich noch ein buntes »Kunstobjekt«, auf das man sich setzen kann. Also erkläre ich mich in einem Anfall von »Sicher, bei mir hat ein Tag immer hundert Stunden« bereit, einen unserer alten Kellerstühle mit den Tonnen von Wollresten zu umwickeln, die ich noch vom Flohmarkt habe. Das bedeutet auch »nur«, dass ich die halbe Nacht vor der Aufführung in meinem Schuppen verbringe und bunte Wolle um den großen Stuhl wickle, was das Zeug hält. Mit Tonnen von Kakao dazu und bis ein Uhr immer wieder mit kleinen »Sternen-guck-Pausen«.

Der Himmel über unserem Garten ist derart klar, dass sich ein gigantisches Sternenzelt über mir aufspannt, wie ich es bisher selten gesehen habe. Und als mein Stuhl endlich seine letzten Fäden erhalten hat und bunt und weich vor mir steht, da habe ich ganz kurz das Gefühl, die Gedanken und Gefühle der ganzen letzten Monate mit in dieses Wollgebilde gewickelt zu haben – so viel habe ich dabei nachgegrübelt. Doch wird sich für mich jetzt endlich alles ähnlich klären und eine so klare Kontur ergeben wie diese Wollspinnereien an dem Stuhl? Noch gleichen meine Gefühle eher einem verworrenen Wollhaufen. Und das Gefühl wird auch nicht klarer, als um 1.30 Uhr (ich habe mich gerade ins Bett gelegt) endlich die sehnsüchtig erwartete Antwort von Liam kommt:

»Sorry, konnte nicht antworten. Bin jetzt aber wieder gesund. Sehe ich dich bei der Aufführung?! Hoffe sehr, sehr, sehr, Luv-Schneewittchen ... 😊! LG Liam«

Mein Herz donnert, und irgendwie habe ich die ganze Zeit vor dem Einschlafen das Gefühl, dass diese Aufführung morgen noch viel mehr bringen wird als nur den Höhepunkt der Hundertjahrfeier der Schule.

In der Schule liegt den ganzen Morgen Feierstimmung in der Luft. Die Schüler quatschen in den Stunden ohne Unterlass darüber, welche »Schauspieler« sie in dem Theaterstück gut kennen, und die Lehrer unternehmen nichts dagegen, weil sie selbst immer wieder irgendwelche Nachrichten auf ihrem Handy checken und Mails schreiben, welcher Kollege noch welches leckere Essen für das »Jahrhundert-Büfett« später auf dem Schulhof mitbringen soll.

Nach Schulschluss fängt Matteo mich auf dem Pausenhof ab und erklärt mir, dass ich bei der Aufführung heute Nachmittag unbedingt ganz vorne mittig in der ersten Reihe im Publikum sitzen müsse. Bei der Generalprobe am Morgen hätten die beiden Hauptdarsteller Liam und Laila nämlich einige Aussetzer gehabt. Und der Souffleur hätte nicht immer konzentriert mitgelesen und deshalb nicht sofort aushelfen können. Ich aber würde die Texte von Liam und Laila ja schon ziemlich gut können und könnte da vorne eine wichtige Hilfe sein.

Hm, ob Matteo jetzt gerade das berühmte Lampenfieber

bekommt und deshalb leicht austickt? Ist es wirklich nötig, dass ich *ganz vorne* sitze?

Andererseits wäre ich dadurch Liam noch viel näher, und weil er mich doch so gebeten hat zu kommen, wird er sich vielleicht auch *sehr, sehr, sehr* freuen, wenn wir uns da vorne sogar kurz in die Augen sehen können? Oh Mann, pures Aufregungs-Adrenalin schießt durch meine Adern. Ich versuche mir jedoch nichts anmerken zu lassen, sondern meine nur zu Matteo:

»Klar, kein Problem, mach ich gerne! Alles klar mit dem Bühnenbild oder brauchst du noch Hilfe?«

Doch Matteo kneift nur die Lippen zusammen, schüttelt den Kopf und legt mir eine Hand auf die Schulter. So wie jemand, der gleich zum Schafott geführt werden soll und sich noch einmal kurz verabschieden will. Mensch, ist der aufgeregt. Aber ich kenne das Gefühl nur zu gut! Kurz greife ich seine Hand und drücke sie. Und dabei schießt mir eine Hitze in die Finger, als würde ich mich verbrennen. Verblüfft sehe ich Matteo an. Doch dessen Augen funkeln nur kurz auf, dann dreht er sich mit einem Ruck weg und ist wieder in der Schülermenge verschwunden.

Oje, jetzt steigt meine Aufregung noch mehr. Und für ihn auch noch gleich mit. Der war ja quasi elektrisch geladen, als wir uns eben berührt haben ... So etwas habe ich ja noch nie erlebt. Rechnet er denn wirklich damit, dass irgendwas noch so richtig schiefgeht? Immerhin sind seine Hauptdarsteller in letzter Sekunde wieder gesund geworden.

Die Zeit zwischen Schule und Aufführung verbringe ich mit Kira. Sie ist für Matteo und ihren Bruder Liam gleichzeitig aufgeregt, glaube ich, und hat mich schon vor zwei Tagen gefragt, ob sie heute zu mir kommen kann. Da meine Mutter freitags immer erst spät von der Arbeit kommt, mache ich uns im Haus eine Pizza, die wir mit rüber in die Hütte nehmen.

Während wir in der Kakao-Sessel-Ecke gemütlich daran knabbern, wünsche ich mir einmal mehr, meine Kakao-Katzen wären jetzt auch hier und wir könnten uns *zusammen* total nervös fragen, ob das Bühnenbild (das wir ja größtenteils zusammen angefertigt haben) wohl gut ankommen wird ... Jetzt bin ich hier ganz alleine und deswegen ein bisschen unruhig.

Dann aber – da sind wir schon bei einem kleinen Kakao quasi als Nachtisch angekommen, erzähle ich Kira von meinem anonymen Listenschreiber. Nicht ohne Hintergedanken, denn sie kommt für mich immer noch als Schreiberin infrage, wenn auch insbesondere der letzte Text nicht wirklich nach einer Zwölfjährigen klang. Aber wer weiß ... ihren Bruderschatten-Text habe ich auch schon ganz schön weise gefunden ...

Aber sie reißt nur erstaunt die Augen auf und sagt immer wieder so etwas wie: »OMG, wie total romantisch! Du bekommst Textnachrichten von einem Unbekannten ...!? Hier an deine Hüttentür?!«

Total romantisch? Da hat sie mich wohl nicht ganz richtig verstanden. Aber nach dieser Bemerkung kann ich mir eigentlich nicht mehr vorstellen, dass sie es war. Mein vorsichtiges Nachhaken à la »Eine kurze Weile habe ich ja sogar gedacht, du könntest es sein …?« quittiert sie mit einem so ungläubigen Kichern, dass ich so gut wie überzeugt bin, dass sie es echt nicht gewesen ist.

Aber wer dann bloß? Und wieso romantisch? Derjenige hat mich höchstens in romantischen Dingen ein wenig beraten – aber auch das wahrscheinlich eher unwissentlich …

Dann ist es so weit. 15.30 Uhr! Wenn wir kurz vor allen anderen auf unseren Plätzen sein und uns nicht mit der ganzen Menge hineinschieben wollen, müssen wir jetzt los.

KAPITEL 25

Es liegt bereits eine erwartungsvolle Spannung in der Luft, als wir zusammen mit den ersten Zuschauern in die Aula treten. Der ganze Saal ist festlich mit kleinen Sternchenlichterketten und vielen künstlerisch ausgestalteten Abbildungen der Zahl 100 geschmückt. Das Licht der zahlreichen Downlights in der Decke ist schon ein wenig abgedimmt. Der sowieso schon große Zuschauerraum ist noch durch etliche Stuhlreihen an den Seiten erweitert worden, sodass er nicht nur viele Schüler, sondern auch deren Eltern und Großeltern sowie Freunde fassen kann.

Und wirklich, die Gäste strömen so zahlreich hinein, dass nach kurzer Zeit die Zuschauer sogar in zwei Reihen an den Wänden stehen. Unsere Schule hat den Ruf, besonders spannende und auch anspruchsvolle Theaterstücke aufzuführen, und dieses hier gilt wegen seiner Slam-Einlagen als besonders innovativ und modern und zieht deshalb sicher noch mehr Interessierte an als sonst.

Intensiv suche ich die Nähe der Bühne ab. Wollte nicht auch die örtliche Laienspielgruppe Matteos Werk ansehen und dann darüber entscheiden, ob sie ihn zum Co-Regisseur befördern? Umso wichtiger, dass alles möglichst glatt läuft. Meine Hände werden vor Mitzittern für Matteo etwas schwitzig.

Noch feuchter werden sie allerdings, als ich plötzlich aus dem aufgeregten Murmeln und Flüstern in den Zuschauerreihen hinter mir eine Stimme ganz deutlich erkenne. Das ist doch Franzi! Vorsichtig drehe ich mich um. Und wie ein kleiner Stromschlag fährt es mir in den Bauch: Da sitzen Franzi und Mila schräg hinter mir, nur eine Reihe liegt zwischen uns. Aus dem Stromgefühl entwickelt sich ein Ziehen im Bauch, sehnsuchtsvoll fühlt sich das an. Am liebsten würde ich aufstehen und mich einfach neben die beiden »Kakao-Katzen« setzen, um gleich gemeinsam Laila oben auf der Bühne die Daumen zu drücken. Aber das ist wohl nach dem, was in der letzten Zeit vorgefallen ist, nicht möglich. Außerdem habe ich Matteo ja versprochen, hier vorne quasi dem Souffleur zu soufflieren … Links von mir sitzt Kira, und ich werfe ihr einen kurzen dankbaren Blick zu. Wenigstens sie habe ich an der Seite. Und dann dringt ein Gesprächsfetzen an mein Ohr, den ich erst gar nicht ganz verarbeiten kann.

Ich höre Franzi etwas Unverständliches flüstern und Mila dann antworten: »Nee, Matteo schreibt doch immer alle Texte für Liam. Liam ist eben eher Schauspieler, und Matteo macht den Inhalt.«

»Und was ist mit den Texten, die Liam allein bei den Poetry-Slams bringt – in Kiel und so?« Das ist wieder Franzis Stimme.

»Alles aus Matteos Feder. Dafür darf Matteo ihn bei allen

seinen Theaterstücken auch in Mehrfachrollen besetzen, und Liam lernt selbst noch den längsten Text für ihn … auch 'ne Form von Teamwork. Außerdem textet Matteo einfach gern und viel, das könnte er gar nicht alles allein aufführen, meint Laila jedenfalls.«

»Krass!«

Bitte? Der eine ist immer für den Inhalt zuständig, der andere für die Show? Habe ich das eben richtig verstanden …?

Doch da gongt es auch schon zum Vorstellungsbeginn, und Sekunden später wird der Vorhang aufgezogen.

Man könnte eine Stecknadel zu Boden fallen hören, so still wird es. Die Luft im Saal scheint regelrecht zu knistern vor Spannung, und auch ich drücke Kiras Hand aufgeregt – so lange haben wir immerhin an allem gearbeitet … Ich will jetzt unbedingt, dass es gut wird!

Der Auftritt der griechischen Götter gelingt auf den Punkt, und mit leichtem Stolz registriere ich, dass sich die antiken Säulenreste im Licht der vielen Scheinwerfer, die Matteo von seiner Schauspieltruppe geliehen hat, sehr gut machen. Die fünf in weiße Gewänder gehüllten Götter geraten sofort in einen aufreibenden, wortreichen Streit, und so beginnt das ganze Stück geplant turbulent. Nur der Gott Hades, der Herrscher der Unterwelt, hat die Macht, durch die Zeit zu reisen, und wird bei allen weiteren Szenen das Geschehen am Rande kommentieren. Er hat eine Wette mit den anderen Göttern abgeschlossen, dass sich die Menschheit am Ende selbst zerstören wird. Und so kommentiert er das Geschehen in den unterschiedlichen Zeitepochen und findet immer wieder Beweise, warum sich der Mensch nicht wird retten können – bis Hades und mit ihm das Theaterstück in der heutigen Zeit ankommt.

Gerade als er endgültig davon überzeugt ist, dass der Menschheit nicht mehr viel Zeit auf Erden bleibt, gerät er in einen leidenschaftlichen Poetry-Slam in einer alten Fabrik und muss sein gesamtes Weltbild revidieren. Er sieht ein, dass Menschen eine schier unermessliche Kraft besitzen, weil sie eine Gabe nie zu verlieren scheinen: Sie können unendlich viele Geschichten erfinden – immer wieder in einem neuen Gewand –, sich unendlich viele Dinge und Welten ausdenken und Poesie und Liebe im Text göttlich auferstehen lassen. Das macht sie mächtiger als alle zerstörerischen Kräfte der Unterwelt, da alles Erzählen, Dichten, Visionieren immer wieder neu hoffen lässt. Und nur aus dem kleinsten Hoffnungsschimmer wird immer wieder ein neuer Anfang geboren, entsteht neue Kraft, Schaffenskraft, die Neues schafft …

Ich zittere mit, als Lasse und Thore in ihrer Doppelrolle als Götter und später Ritter über die Bühne jagen. Ich bin beeindruckt, wie selbstbewusst Laila als Burgherrin auftritt, und finde, dass sie ihren Text viel ausdrucksvoller spricht, als ich es jemals gekonnt hätte. Kurz darauf bewundere ich Liam in seiner Rolle als Kapitän einer großen Segelbootflotte. Ich spüre, dass ein langer Blick aus seinen kühn dunkel umrandeten Augen mir gilt, und ein heftiger Schauer rieselt meinen Rücken hinunter, so als wäre ich mit ihm gemeinsam auf aufregend hoher See. Ich bemerke, wie wunderbar sein dickes, halblanges Haar zum sportlichen Segeloutfit passt, und kann ihn auch in der Kussszene nicht aus den Augen lassen. Und auch er, so meine ich deutlich zu spüren, behält mich einen Moment lang im Blick, als er sich über Laila beugt. Meine Knie werden noch weicher, so als wäre ich die Auserwählte und er müsste nur kurz seine Rolle dort oben zu Ende bringen. Und ich bin bei meinen butterweichen Knien froh, dass ich sitze.

Doch dann bemerke ich noch etwas anderes sehr deutlich. Als Liam sich nach dem Kuss wieder kurz zum Publikum wendet, kommt neben mir Unruhe auf. Und als ich den Kopf nach rechts wende, um zu sehen, was da los ist, will ich erst meinen Augen nicht trauen. Die ganze restliche Reihe neben mir – schätzungsweise 25 weitere Plätze lang, ist fast ausschließlich mit Mädchen besetzt, die Liam verliebte Blicke zuwerfen, gebannt nach vorne gebeugt, manche deuten sogar eine Kusshand an. Einige kommen mir bekannt vor, ich habe vier von ihnen nach dem Poetry-Slam in Kiel bei Liam gesehen. Ich bin sprachlos. Und als ich mich schnell wieder der Bühne zuwende, um zu sehen, ob Liam das überhaupt bemerkt, da fällt es mir wie Schuppen von den Augen. Auch er sendet immer wieder tiefe Blicke in die Richtung genau neben mir. Deshalb habe ich vorhin schon einmal das komische Gefühl gehabt, dass er ein wenig mehr für die rechte Seite des Zuschauerraums zu spielen scheint als für die linke … habe das aber schnell als ein Wahrnehmungsproblem, ausgelöst durch meine Aufregung, abgetan. Ich kenne mich ja … dachte ich jedenfalls.

Jetzt sehe ich sogar, wie Liam der gesamten Mädchenriege zublinzelt und dabei sein im Scheinwerferlicht blond glänzendes Haar wie zufällig zurückstreicht. Es würde mich nicht wundern, wenn die Mädchen neben mir gleich ganz groupiemäßig aufstöhnen würden.

Fassungslos wende ich mich zu Kira hin. Die zuckt nur fast unmerklich mit den Schultern und murmelt trocken: »Sieht nach seinem neuen Fanclub aus – er sammelt die irgendwie …«

Dann wirbeln die Segel noch einmal in einem dynamischen Tanz über die Bühne, Lasse und Thore geben wirklich alles mit den neuen Rollbrettern und es sieht wunderschön aus – wirklich fast wie ein romantischer Tag am Meer mit Segelbootkulisse.

Ich aber kann mich darüber kein Stück mehr freuen. In mir steigt ein Schamgefühl hoch, dass mir fast übel wird. Ich fühle mich so getäuscht. Ich komme mir so dumm vor. Wieso habe ich das die ganze Zeit nicht bemerkt? Nun verstehe ich auch, wieso sich alles mit Liam immer so unklar, so unverbindlich angefühlt hat … wenn er mit mir gesprochen hat, seine Nachrichten … nur seine Blicke waren tief. Habe ich jedenfalls gedacht. Hat er mich nur als weiteren Fan an sich binden wollen? Sich nicht festlegen, aber bitte von möglichst vielen bewundert werden … ja, das passt zu einem Show-Menschen vielleicht ganz gut … Ich hätte wohl einfach nur eins und eins zusammenzählen müssen … aber darin bin ich ja noch nie so gut gewesen. Ich fühle mich so trampelig wie lange schon nicht mehr. So ober-LUVig wie noch nie.

Hastig greife ich nach meiner Tasche, um mich gebückt aus dem Zuschauerraum zu schleichen. Ich bin mir selbst so peinlich, dass ich mir am liebsten ein Tarn-Cape umlegen würde, aber das gibt es im echten Leben ja leider nicht. Mein Herz rast. Aber diesmal ist der Fluchtimpuls mehr als richtig.

Doch genau in dem Moment, in dem ich wirklich aufstehe, zieht Kira mich auf meinen Stuhl zurück und raunt: »Was machst du denn? Guck mal, was ist da oben los, das gehört doch aber nicht zum Stück, oder?«

Wieso, was ist denn? Eine Panne?

Ich sehe kurz hoch und erblicke plötzlich Matteo auf unserem Poetry-Slam-Podest, auf das jetzt eigentlich Alex aus der Achten gehört. Für den unbeteiligten Zuschauer muss es so aussehen, als wäre Matteo einfach einer der Poetry-Slammer, vollkommen dem Stück entsprechend. Aber Kira und ich starren ihn an. Was will der da? Der hat doch überhaupt keine Rolle in seinem Stück. Das hier hat er während der Proben nie gemacht. Warum jetzt?

Matteo räuspert sich kurz in die erwartungsvolle Stille hinein, und ich spüre sofort, wie nervös er ist. Seine Wangen sind mit einem leichten Rotton überzogen, und Wellen seines dunklen Haares stehen leicht zur Seite, wie immer, wenn er heftig am Rotieren ist … oder eben sehr aufgeregt. So gut kenne ich ihn jetzt schon nach all den Stunden, in denen wir gemeinsam gebaut haben und durch Kiel gezogen sind, in denen er mich in der Schubkarre transportiert hat und ja, nach der komischen »Schnee-Schlacht«.

Jetzt greift Matteo sich wirklich das Mikro und beginnt

mit einer Stimme zu sprechen, die mir sehr nahegeht. Nun ist seine Aufregung wirklich für niemanden mehr zu übersehen. Matteo spricht so tief und rau, als wäre er selbst äußerst berührt von dem, was er gleich sagen wird. Wie ein echter Poetry-Slammer hält er keine lange Rede, sondern beginnt sofort mit dem Text:

»Warum die Hoffnung immer siegt?
Sie muss immer siegen, damit wir aushalten, wir zu sein, klein zu sein, feig zu sein, ohne das zu sein, was wir wirklich wollen oder wollten sein.

Hoffnung zeigt uns den Weg. Hoffnung holt uns aus der Straßenbahn ins Nirgendwo. Hoffnung schiebt uns ins Hier und Jetzt und brüllt: Hol's dir! Folge ihr! Schieb deine Bedenkenzellen im Hirn nach hinten und hol die Hoffnungszellen raus. Die mit dem Mut und der Wut, frisch noch von gestern.

Heute kannst du alles sein.

Ihr Freund, ihr Mann, ihr Vertrauter, ihr Hoffnungsträger, ihr Bedenkenträger, ihr Mutmacher, ihr Coach, ihr Schüler, ihr Künstler, ihr Architekt, ihr Hausmeister und Bauleiter – ihr Texter vom Dienst, ihr Listenmacher ohne Namen, im Geheimen nur und vielleicht einmal nur.

Alles kannst du sein. Nur mach's. Damit du nicht morgen sagst, Hoffnung gibt's für dich nicht.

Nimm den kleinen Hoffnungsfunken jetzt, und mach was draus.

Sag, wie sehr du sie magst, ihren Gang oder ihr schiefes Lächeln, ihre Textwut und sicher auch den Listenwahn.

Die viel zu blasse Haut mit dem viel zu schönen Haar und den Augen, deren Farbe changiert, je nach Lust und Laune und Wahrnehmungsstau.

Auch wenn du denkst, sie mag nur andere. Dich nicht. Oder dich noch nicht. Oder dich nie.

Nimm den Funken und wirf ihn ihr vor's Knie. Einmal nur.

Ach was, nimm gleich ein ganzes Funkenbüschel, und lass dann Worte daraus sprühen.

Einen Funken für ihr Gemüt, das sich tausend Sachen ausdenken kann und daran basteln will, neuerdings auch mit jedermann.

Einen Funken für ihr Lachen, das wie ein Lichtrahmen ganz sicher meine Welt immer und sofort einfangen kann.

Einen Funken für ihr Geschick, Mut zu machen, zu begeistern und sich selbst dabei nur unabsichtlich mit Ruhm zu bekleistern.

Einen Funken für ihre Angst, die nur zeigt, dass ihre Seele so viel reist und sie um die Zerbrechlichkeit von allem weiß.«

Ich kann nicht anders. Auch wenn ich bis eben den Kopf gesenkt gehalten habe, um seinen schönen, poetischen Worten besser lauschen zu können, so muss ich jetzt einfach hochblicken. Hochblicken zu Matteo, denn was er sagt, passt so sehr auf mich, dass ich es nicht länger verleugnen kann.

Und ob er nun wirklich mich meint oder nicht, in jedem

Fall bin ich zutiefst beeindruckt von diesem Jungen, der eigentlich immer im Hintergrund agiert, der die Ruhe behält, wenn andere ausflippen, der es liebt, anderen zu helfen, sie zu coachen und der mit seinen großen Händen so liebevoll und geduldig schönstes Holz verarbeiten kann. Dem Jungen, der wohl immer für den Inhalt, die Essenz verantwortlich ist. Und der offensichtlich so etwas wie ein Fenster zu meinem Herzen besitzt. Der texten kann, dass ich vergesse zu atmen.

Ich muss hochsehen, weil ich es einfach nicht mehr aushalte, es nicht zu tun. Seine Worte, seine Sprache sind so eindringlich, seine Stimme hört sich an, als wäre sie genau für mich und meine Ohren und die Tonlage, die ich am besten verstehen kann, gemacht. Und deshalb tue ich es. ICH SEHE ENDLICH HOCH.

Sein Blick fährt mir durch die Adern und schiebt mein Blut vor sich her, wie ein Orkan die Wolken treibt. Schnell und ohne Alternative. Und er sieht mich unverwandt an, während er weiterspricht:

»Und deshalb nehm ich jetzt dieses Hoffnungsbüschel und reich es dir. Mach damit, was du willst, aber sag nicht, ich wäre feige. Denn das stimmt ab jetzt nicht mehr.«

Und während Matteo so tut, als würde er mir etwas Wertvolles reichen, bekommt er tosenden Applaus und ich ein noch rauschenderes Herzklopfen. Ich treffe nicht einmal mit meiner rechten Hand die linke zum Mitklatschen. Ich sitze einfach nur da und fühle mich wie angezündet. So, als hätte jemand alles, was ich seit Jahren versucht habe, in Listen zu packen, wie einen Sternenschweif aus mir herausgezogen und über mir glühen und funkeln lassen, als wäre es ein Schmuck. Alle Ängste und Zweifel zu einem Besonderheiten-Strauß gebunden. Als wäre ich nicht nur total in Ordnung, so wie ich bin, sondern sogar sehr liebenswert.

Ja, denn so habe ich Matteo verstanden. Er mag mich wirklich. Und er hat so viel von mir verstanden, wie ich gar nicht gewusst habe, dass es zu verstehen gibt … Und ich habe plötzlich das Gefühl, dass ich jede seiner Bewegungen dort oben spüren kann. Wie er die Hände langsam vom Mikro nimmt, als ließe er etwas Kostbares los. Wie er den Kopf senkt, noch einmal kurz zu mir und dann ins ganze Publikum sieht. Wie er langsam vom Podest tritt und sich seine Beine Schritt für Schritt zum Bühnenrand bewegen. Sehe seinen Nacken mit der kräftigen Schulterpartie, erinnere mich an seine Arme um mich, wie sie mich festgehalten haben im Schnee, und plötzlich ist es, als spürte ich seinen Halt wieder, als gäbe es da noch eine sanfte Spur auf meinem Rücken. Und seinen Geruch!

Kann es sein, dass man sich innerhalb eines einzigen Gedichtes in jemanden verliebt? Ich bin verwirrt und gleichzeitig so wahnsinnig geflasht von tausend prickelnden, aufgeregten Blasen im Bauch, dass ich es kaum noch auf meinem Stuhl aushalte.

Die letzten drei Poetrys des Slams dringen wie durch eine Nebelwand zu mir, nicht einmal Liam kann ich richtig zuhören. Oder vielleicht *gerade* Liam nicht. Es ist, als würde mich Show ohne Essenz nicht mehr interessieren. Ich weiß es nicht genau. Ich weiß nur, dass ich hier völlig aufgelöst sitze und gerade so wenig einen Plan habe wie selten. Als hätten sich meine Hautzellen aufgelöst und erfreuten sich nur noch an ihrem prickeligen Sein. Als gäbe es mein Hirn gar nicht mehr. Denn ich glaube, denken, das kann ich gerade überhaupt nicht mehr.

Dann ist das Theaterstück auch schon vorbei, und der rauschende Applaus und das Füßetrampeln machen mehr als deutlich, dass es ein voller Erfolg ist. Am Ende stehen wir alle und klatschen und rufen »Zugabe«, und da erscheint ungewöhnlicherweise als Erster Matteo auf der Bühne. Er hält sich aber nicht lange mit Verbeugungen auf, sondern geht schnurstracks zum Bühnenrand und bleibt direkt vor mir stehen.

Ich schlucke und vergesse zu atmen – oder alles zusammen. Aber als er langsam beginnt, mich anzulächeln, so ein ganz zärtliches, vorsichtiges Lächeln, da kann ich nicht anders, ich springe aus meinem Sitz und mit einem Sprung bin ich die Bühne hoch.

Und noch ehe mein Hirn wieder in Betrieb gesetzt werden kann, lege ich meine Arme um ihn. Als hätte Matteo seit Ewigkeiten nur darauf gewartet, erwidert er meine Umarmung sofort, und dann beugt er den Kopf zu mir und ja, wirklich und wahrhaftig, er küsst mich.

Und ich weiß plötzlich, dass ich mich nicht erst mit diesem Gedicht in ihn verliebt habe. Stück für Stück schon, Woche für Woche, Tag für Tag ist mir Matteo unter die Haut gegangen, ohne dass ich es richtig realisiert habe. Das Bauen mit ihm, das Necken, das Coachen, sein Holz-Honig-Duft – auf all das habe ich mich in letzter Zeit schon viel mehr gefreut, als ich mir eingestanden habe. Nur mein Hirn hat noch seinen Liam-Plan verfolgt, mein Herz hat mich schon seit einer Weile unauffällig zu Matteo geschoben …

Das Publikum rast jetzt, und mein Herz noch mehr, als mir klar wird, dass ich, Luv Loolister, das eigentlich wohl schüchternste Mädchen der Schule, hier gerade mitten auf der Bühne mit dem Regisseur knutsche. Das wird mir nicht einmal Lavinia abnehmen, wenn ich es ihr erzähle.

Matteo und ich lachen uns unsicher, aber glücklich an und dann nimmt er meine Hand, und wir laufen schnell zusammen hinter den Vorhang. Er, um seine Schauspieler nun endlich für den verdienten Applaus rauszuschicken, und ich, um mich backstage erst einmal den Blicken der anderen zu entziehen – und natürlich auch, um dort auf Matteo zu warten … OMG, was für ein Theater! Was für ein erster Kuss! Und was für ein Wahnsinnsgefühl in meinem Bauch, das da umherhüpft, als würde es in mir alles mit Sternchengirlanden schmücken und Glitzer streuen.

KAPITEL 26

Noch während das Publikum tobt und ich mich hinter dem Vorhang zum ersten Mal etwas peinlich berührt frage, ob meine Mutter es wohl doch zur Aufführung geschafft und mich gerade als Höhepunkt küssend auf der Bühne gesehen hat, ploppt eine Nachricht auf meinem Handy auf. Erst will ich sie gar nicht lesen, denn was, bitte, soll jetzt gerade so wichtig sein, dass ich mich damit ernsthaft beschäftigen will?! Doch als ich sehe, dass die WhatsApp-Nachricht von meiner Mutter ist, öffne ich sie doch schnell … Sitzt sie womöglich wirklich irgendwo im Publikum und macht jetzt einen dummen Kommentar?

Dann lese ich, was sie geschrieben hat, und erblicke das Foto.

Genau in diesem Moment verbeugt sich Laila auf der Bühne gemeinsam mit den anderen Schauspielern zum letzten Mal und sogar von hinten erkenne ich, dass sie den anderen beiden Kakao-Katzen im Publikum signalisiert, dass sie sich gleich draußen treffen wollen. Und deshalb hält mich gar nichts mehr. Sosehr ich mich auch gleich auf Matteo freue, erst muss ich noch etwas anderes erledigen. Schnell werfe ich

Matteo also ein paar Sätze zu, die ihm sehr wahrscheinlich etwas hieroglyphisch vorkommen müssen. Aber ich will jetzt keine Zeit verlieren.

Kurz darauf balanciere ich schon am Rand der Bühne entlang, während das Publikum langsam aus dem Saal strömt. Wo sind sie nur hin? Laila kann doch nicht viel schneller als ich hinter der Bühne hervorgekommen sein. Also können sie eigentlich noch nicht weit sein ... Ich haste nach draußen und an all den köstlichen Essensständen vorbei. Und endlich, endlich, am Rand des Schulhofes, sehe ich ihr langes, dunkles Haar, das meinem so ähnlich ist.

»Laila!«, brülle ich so laut los, dass die Umstehenden sich genervt die Ohren zuhalten. Das ist mir aber ganz egal. Ich zwänge mich mitten durch ein beleibtes, älteres Paar hindurch, haste an meinem Chemielehrer vorbei, und dann habe ich sie endlich eingeholt. Alle drei drehen sich erstaunt zu mir um. Völlig außer Atem, kann ich noch nichts sagen, meine Brust pumpt nur auf und ab. Aber das hindert mich nicht daran, ihnen mein Handy mit der Nachricht meiner Mutter hinzuhalten. Neugierig beugen sich Laila, Mila und Franzi vor und lesen wie aus einem Munde:

»Auf frischer Tat ertappt!« Darüber sieht man das Foto von einem kleinen Marder, der gerade durch das gekippte Fenster des Schuppens hinausklettert. Dabei hält er etwas Längliches im Maul, das aussieht wie mein großes Lineal und mein Riesen-Bleistift mit auswechselbaren Minen. Na, super!

Die anderen Kakao-Katzen brauchen nicht lange, um die

Lage zu verstehen. Erst stöhnen sie genervt auf. Dann grinsen wir uns an. Dann beginnen wir alle, uns zu entschuldigen.

Ich so: »Oh Mann, wie konnte ich auch nur denken, eine von euch hätte … Das ist echt so peinlich!«

Und die Kakao-Katzen so: »Oh nee, da ist wohl echt viel verloren und kaputtgegangen. Wie konnten wir nur denken, du hast das womöglich erfunden, um uns wieder loszuwerden …?!«

Und dann wissen wir kurz nicht, ob wir lachen oder wütend sein sollen. Endlich beginnt jedoch Franzi, wie blöd loszukichern, und dann fällt Mila ein, und als Laila und ich uns endlich wieder richtig in die Augen sehen können, da umarmen wir uns und lassen uns bestimmt fünf Minuten lang nicht mehr los.

Und dann murmelt mir Laila ins Ohr: »Von wegen schüchtern! Also, ich habe mich noch nie knutschend unter donnerndem Applaus auf der Bühne befunden …« Und daraufhin müssen auch wir beide losprusten, dass man denken könnte, hier hätte sich eine wild gewordene Hühnerschar versammelt. Hat sie aber nicht. Viel besser! Hier haben sich die berühmten Kakao-Katzen versammelt! Endlich mal wieder! Und mein Herz weiß langsam schon gar nicht mehr, wohin mit meiner ganzen Freude. Deshalb ist für mich klar: Morgen müssen wir einfach die gigantisch schönste Kakao-Katzen-Wiedervereinigungsparty des ganzen Erdballs feiern. Um all die Freude vielleicht raustanzen zu können. Oder rauslachen oder rausquatschen oder, oder, oder …

Na ja, Mila und Franzi sind dann doch nach der ersten Erleichterung noch ein bisschen sauer auf mich.

Ich sehe das ihren Mienen an, als ich die Idee mit der Kakao-Katzen-Party für den nächsten Tag aufbringe. Erst meinen sie, dass sie wohl keine Zeit haben ... Jetzt hätte ich es ja so lange ohne sie ausgehalten, nun könnte ich auch noch bis nach Weihnachten warten ...

Wie bitte, bis nach Weihnachten?! Das wiederum kann ich mir nun gar nicht vorstellen. Ich habe mich so lange danach gesehnt, dass alles wieder gut wird, jetzt will ich keinen einzigen weiteren Tag verpassen. Also lade ich die beiden als Ehrengäste ein, meine VIPs sozusagen. Sie sollen kein Stück mit vorbereiten müssen und werden den ganzen Abend immer Kakao im Becher haben, bevor ihnen überhaupt aufgefallen ist, dass er sich geleert hat. Für leckeres Essen will ich auch sorgen. Und sie sollen bei dem Schild für unser Kakao-Café das letzte Wort haben, denn das will ich nun endlich einmal mit ihnen malen.

Erst zögern Mila und Franzi noch etwas, doch als Laila mich dann unterstützt, merke ich, dass die beiden eigentlich auch ganz froh sind, dass sie mir nicht länger böse sein müssen, sondern wieder an unser schönes Kakao-Katzen-Feeling anknüpfen können.

Warum Laila so viel schneller wieder gut mit mir war als die anderen beiden, ist mir allerdings nicht so ganz klar. Wenn es mich auch sehr freut, denn sie hat weiterhin einen besonderen Platz in meinem Herzen. Vielleicht werde ich den Grund ja noch erfahren ... falls es da einen speziellen gibt ...

CHECKLISTE 32

Na gut, doch noch schnell eine Checkliste 😊.
Immerhin habe ich was Fantastisches vor.
Also: Was gehört zu einer tollen Party?

1. Freunde
2. Freunde
3. Freunde (und das sage ich, die ich bisher nie mehr als *eine* beste Freundin hatte …)
4. Na gut, und dann noch etwas Essen, Trinken, gute, festliche Beleuchtung und coole Musik
5. Und wenn es ein Kakao-Café sein soll, natürlich Tonnen von Kakao, ist ja klar
   Und wenn die Party schon am Nachmittag anfängt, dann kann man ruhig – jedenfalls in so einer Bastelhütte wie meiner – ein tolles Upcycling-Projekt mit anbieten … Und so vielleicht endlich mal die Berge von gesammelten Weinkorken und die alten, auf dem Flohmarkt erbeuteten Tabletts einsetzen. Für eine coole Pinnwand[1] nämlich!

1 Anleitung hinten in meinem Ideenbuch

Da der Tag nach der Aufführung ein Samstag ist, treffe ich mich schon vormittags mit Laila und Kira im Supermarkt, um Getränke und Knabbersachen für unsere Party zu kaufen. Dann wirbeln wir bis zum Nachmittag, hängen Lichtergirlanden auf, legen Kissen und Decken bereit, in die man sich einmummeln kann, wenn es abends richtig kalt wird, und bereiten schon mal zwei große Töpfe mit Chili-Kakao zu.

Später kommen dann Franzi und Mila dazu – meine VIPs 😊 –, zum Pinnwand-Basteln und um mit köstlichem Kakao aus der Unendlich-Tasse verwöhnt zu werden. Zwei Pinnwände basteln wir zusammen, während wir Musik hören und so laut quatschen, dass man zum Teil sein eigenes Wort nicht versteht ... Wir können uns alle das Lachen nicht verkneifen, als Laila von der neuesten Idee ihres Vaters erzählt, mal an einem Weltraumtraining bei der NASA teilzunehmen und zu gucken, ob das eine neue Geschäftsidee sein könnte: Ausflüge ins All anbieten ... Dem ist wirklich nicht mehr zu helfen. Jedenfalls ist es sehr fraglich, ob ich da demnächst noch so leicht mit meinem Bücherkoffer-Trick etwas ausrichten kann 😊. Aber ich werde Laila nicht im Stich lassen, das ist klar ...

Als die Pinnwände endlich fertig sind, hängen wir sie an die letzten freien Plätze an der Wand in der Hütte und beschließen, dass das unsere Kommunikationstabletts werden sollen. Für kleine Nachrichten, die besten Kakao-Rezepte und zum Sammeln von Bastel- und Upcycling-Ideen. Als Laila und ich gerade zusammen eines der Pinnwand-Tabletts anbringen, erinnere ich mich plötzlich wieder an ihr komisches Verhalten am letzten Kakao-Katzen-Bastel-Abend, und ich muss sie einfach fragen: »Sag mal, wieso hast du dich eigentlich so früh wieder in die Probe gedrängt, obwohl ich damals so gerne noch mit Liam geprobt hätte? Und außerdem hast du mich ganz schön angegiftet, als ich dich dann noch mal vertreten wollte … Seid Liam und du, seid ihr vielleicht, ähem, so was wie zusammen?«

Laila lässt fast unsere schöne Pinnwand fallen. »Ach, du Schreck, nein! Ganz sicher nicht! Ich war mir nur nicht ganz sicher, ob du dir wirklich Hoffnungen wegen Liam gemacht hast, und wollte auf keinen Fall, dass du in seine ›Fanclub-Fänge‹ gerätst. Immer abwechselnd ist da irgendein Mädchen todunglücklich, weil es denkt, dass es fast mit ihm zusammen ist und dann doch nicht … echt ätzend. Und obwohl ich mich wegen deiner Verdächtigungen geärgert habe, wollte ich dir das ersparen … Außerdem hatte Matteo mich gebeten, wenn es irgendwie geht, die Kussszenen mit dir und Liam zu verhindern. Matteo war ja gleich vom ersten Moment an so was von in dich verknallt, das hat der gar nicht ausgehalten – dich und Liam so zu sehen …«

Mir bleibt der Mund offen stehen. Wieso habe ich das überhaupt nicht bemerkt? Ich immer mit meinen tollen Klärungslisten … Aber eins will ich doch noch wissen: »Und wieso bist du immer sofort aus der Aula gerannt, wenn ich dort mit Matteo gearbeitet habe? Ich habe da immer auf ein positives Signal von dir gehofft …«

»Matteo ist mein Freund, und ich weiß, wie glücklich er

ist, wenn er mit dir bauen darf ... Da wollte ich dann auch echt nicht stören ...«

Verrückt. Darauf bin ich allerdings auch überhaupt nicht gekommen – ich Nullchecker, echt! Zum weiteren Grübeln bleibt mir jedoch keine Zeit, denn nun treffen noch Nicki, Carla und Lil ein, und wir beginnen, alle zusammen drinnen das Kakao-Katzen-Geschirr samt Getränken und Knabbersachen aufzubauen. Nicki und Lil haben sogar noch Cupcakes gebacken und Carla türkische Teigtaschen, die sie mit ihrer gleichaltrigen Nachbarin gemacht hat – und die nette Nachbarin Eylül hat sie auch gleich mitgebracht.

Langsam werden immer mehr Sterne am Abendhimmel sichtbar, und wir räumen noch schnell die übrig gebliebenen Windlichter von drinnen auf die Holzterrasse und zünden sie an. Wir sind selbst erstaunt, wie festlich unsere kleine Hütte aussehen kann. Als gegen 18.30 Uhr dann auch noch Matteo auftaucht und Lasse und Thore mitbringt, bekomme ich wirklich allmählich so ein richtig schönes Party-Gefühl ... und ja, auch ein sehr heftiges Kribbeln im Bauch. Matteo braucht mich nur anzusehen, dann übernehmen irgendwelche Kribbelblasen in meinem Bauch und Hirn und Herz, sodass mir kein einziges Wort mehr einfällt. Matteo scheint es allerdings ähnlich zu gehen. Sonst ja offenbar nie um einen guten Text verlegen, bringt er am Anfang, als wir beide plötzlich allein voreinander stehen, weil die anderen sich gerade drinnen mit leeren Tassen um die Kakaotöpfe drängeln, nur ein leises, raues »Hi Luv!« heraus.

Und mein Körper tut so, als hätte dieser große Kerl schon

wieder das Gedicht des Jahrhunderts vorgetragen – persönlich auf mich zugeschnitten. Mir wird abwechselnd heiß und kalt, und mein Herz klopft so laut, dass ich glaube, die Musik bald gar nicht mehr hören zu können. Aber dann nimmt Matteo mich glücklicherweise in den Arm und dieser Honig-Holz-Duft umfängt mich wieder wie ein Glücks-Mantel, unter dem ich jetzt mit Matteo zusammenstecke.

Da fällt mir plötzlich etwas ein, und ich murmele in seinen Arm: »Sag mal, wenn du der Schuppentür-Listenschreiber warst, dann bist du auch der, der eigentlich ganz schüchtern ist, man es aber nicht so merkt ... das hattest du doch geschrieben?«

»*Hast* du es denn gemerkt?«, raunt Matteo in mein Haar.

»Dass du schüchtern bist?«, überlege ich leise. »Hm, eigentlich wirklich nicht so ... nur etwas zurückhaltend vielleicht ...«

»Und was denkst du jetzt?«

Zum ersten Mal heute sehe ich Matteo lange an – in seine dunkelbraunen großen Augen und auf seinen Mund, der so liebevoll grinsen kann. Jetzt allerdings sieht er etwas ernst aus, so, als wäre die Antwort ihm äußerst wichtig. Angespannte Ruhe lese ich in seinem Gesicht.

Also überlege ich gut, bevor ich erwidere: »Jetzt kann ich es vielleicht tatsächlich ein bisschen spüren. Vor allem, weil deine Stimme sich so verändert. Sie wird so rau und viel leiser, wenn du mit mir sprichst ... auf der Bühne war das auch so ... So, als würde dir das Texten auf einmal gar nicht mehr so leichtfallen und als ob sich deine Wörter nur noch schwer durch die Kehle an die Oberfläche drücken lassen würden ...«

Matteos Augen funkeln mich an, als fühlte er sich vollkommen verstanden, und dann beugt er wortlos den Kopf zu mir hinunter und gibt mir einen Kuss, dass mir vor Schwindel kleine Sternchen vor den Augen zu hüpfen beginnen und eine rauschende Wärme durch meine Adern strömt.

Plötzlich jedoch lässt er mich los, und ich stolpere fast ohne seinen Halt.

»Oh, sorry!«, murmelt er, »aber ich muss dir unbedingt was geben, warte kurz!«

Etwas überrascht und vielleicht auch ein klein wenig enttäuscht lasse ich mich langsam auf eines der Kissen auf der Terrasse sinken, um zu warten und meine weichen Knie wieder zu beruhigen. Laila setzt sich mit einem Kakao auf das Kissen neben mir. Da kommt Matteo auch schon wieder um die Ecke der Hütte – mit etwas Großem, Weißem in den Armen.

»Was ist das denn?«, entfährt es mir. Mit vielem hatte ich jetzt gerechnet, aber ganz sicher nicht mit einem kleinen Möbelstück.

»Passt genau in deine Kakao-Sesselecke und kann die Musikbox und das Kakao-Katzen-Geschirr ganz wunderbar tragen – Maßanfertigung«, meint er. Dann grinst er zufrieden und wendet sich zur Hüttentür: »Hey, Leute, geht alle kurz mal raus, bitte, hier kommt noch ein wichtiges Möbelstück dazu, für endlose Kakao-Stunden und Musik direkt am Ohr.«

Als alle neugierig hinausgetreten sind, schlüpft Matteo in die Hütte, stellt das weiße Bord in die kleine Lücke zwischen die beiden Sessel, in die es erstaunlicherweise perfekt hineinpasst, stellt die Musikbox darauf und räumt das restliche Geschirr hinein. Als er mit rotem Kopf wieder aus der Ecke hochkommt, sieht er mich ganz gespannt an.

»Wie, äh, was, äh, woher hast du das?«, frage ich zwischen Freude und Erstaunen. Wie kommt er darauf, mir …?

Doch da ruft Laila schon lachend: »Na, endlich kann ich das Geheimnis lüften, ich dachte schon, ich muss daran noch ersticken. Zweimal mussten wir dafür in deine Hütte, Luv, und Maß nehmen – tut mir leid! Weil Matteo sich in den Kopf gesetzt hatte, dir unbedingt so ein Regal zu bauen, nachdem ich einmal beiläufig hatte fallen lassen, dass du dringend noch so etwas in deiner Hütte brauchst, selbst aber durch den Bühnenbau zurzeit keine Zeit hast, es herzustellen …«

»Echt jetzt?« Ich schlucke sehr schwer. Mein schlechtes Gewissen verdoppelt sich. Und ich habe die beiden deshalb auch noch verdächtigt! Und darum hat Mila vorgestern zu Franzi gesagt, Laila wolle, dass ich die Musikbox behalte – auch für die war das Regal ja gedacht …

»Ja, Matteo ist eben mehr so der praktische Typ. Sag es mit einem Text zum Beispiel …«, unterbricht Laila witzelnd meine Gedanken, so als bemerkte sie meine peinliche Beklommenheit gar nicht.

»Oder sag es mit einem Regal«, rufen auf einmal alle Kakao-Katzen gleichzeitig.

Und da muss ich auf einmal so kichern, dass man mich für verrückt halten könnte. Habe ich neulich nicht auch so etwas Irrwitziges wie »Sag es mit der Bohrmaschine« gedacht …?! Das sage ich jetzt aber mal lieber nicht … gerade komme ich mir so wunderbar normal und analog vor. Es sind nicht tausend Gefühle auf einmal da, die mich verwirren, sondern nur ein einziges: Pures Glück durchströmt mich von oben nach unten und von unten nach oben.

Vielleicht werden die Gefühle einfach immer klarer, wenn man genau an seinem Platz ist? Ich meine, genau an dem, an dem man gerade sein will, und wenn man genau das macht, was man machen will? Weil es so unendlich gut zu einem passt? Gerade fühlt es sich so an.

Da ploppt eine Nachricht auf meinem Handy auf. Von Lavinia.

»Könnte am 12.12. kommen. Geht das auch noch?«

Und wie!, jubele ich innerlich. Ich habe ihr so viel zu erzählen, wie ich selber niemals gedacht hätte, dass man in zwei Monaten ansammeln kann …

Doch zum Antworten komme ich nicht sofort, denn gerade legt Matteo seine Arme von hinten um mich und flüstert in mein Ohr: »Na, wollen wir uns hinter den Schuppen setzen und uns 'ne kleine, schöne Liste schreiben? Vollkommen anonym natürlich …!«

Lachend drehe ich mich zu ihm um und meine: »Das wäre jetzt ausnahmsweise nur meine zweite Wahl. Lieber würde ich noch mal in Ruhe die Punkte aus meiner berühmten Checkliste Nummer 1 überprüfen.«

Fragend sieht Matteo mich an. Doch als ich ihn dann hinter die Hütte ziehe und ihm zeige, was ich meine, lässt er sich sehr gerne von seinem Listenschreib-Vorschlag ablenken.

Für Listen haben wir ja noch genug Zeit.

Dann schießt mir aber doch noch ein Gedanke durch den Kopf – apropos Listenschreiben. »Sag mal«, murmele ich, als wir nach einem langen, schönen Kuss wieder zu den anderen nach vorne gehen, »du anonymer Listenschreiber, mit deinem Checklistenversuch Nummer 5 wolltest du mir wirklich helfen, die Person kennenzulernen, die ich kennenlernen will, obwohl du wohl geahnt hast, dass das Liam ist?«

Matteo seufzt. »Allerdings. Das ist mir nicht leichtgefallen. Ich hatte aber das Gefühl, dass du sowieso irgendwie versuchen wolltest, Liam besser kennenzulernen, und dann dachte ich, dass die Liste eine gute Möglichkeit ist, darüber mit dir zumindest in Kontakt zu bleiben, sodass ich wenigstens wissen würde, ob und wann du es versuchst. Außerdem habe ich die ganzen Hilfsmöglichkeiten hinterher eingebaut ... Freunde, die trösten und so weiter ... bei Liam ja auch echt wichtig ...!«

»Und außerdem hast du ganz geschickt eingebaut – Zitat –, ›dass ich meine Aufmerksamkeit sonst lieber auf jemanden richten soll, der es mehr verdient hat‹ ...«, necke ich Matteo lachend.

»Ganz genau!«, grinst der fast schon etwas stolz zurück.

»Und dann habe ich ein bisschen auf Zeit gespielt. Ich habe gehofft, dass du dich nicht trauen würdest, mit Liam noch vor dem Theaterstück in Kontakt zu treten, und da wollte ich ja mein Gedicht-Geständnis bringen. Und ich habe wie verrückt die Daumen gedrückt, dass du dir bis dahin vielleicht auch selbst schon ein besseres Bild von unserem Casanova gemacht hättest. Und dass du mich beim Bauen vielleicht auch ein wenig schätzen gelernt hättest ... Glücklicherweise wusste ich ja auch, dass du wenig Zeit hattest für Dummheiten, dafür musstest du schließlich wirklich viel zu viel mit mir schuften ...«

Entgeistert sehe ich Matteo an. »Du hast jetzt aber nicht extra die Schirmständer kaputt gemacht, um mich in Bauprojekte zu verwickeln ...?«

»Nein, nein! Na ja, oder höchstens zwei! Die beiden anderen sind wirklich von allein kaputtgegangen. Aber dabei hatte ich plötzlich die gute Idee, dass es ganz schön lange dauern könnte, wenn man vier wieder reparieren müsste und dass ich dafür auch dringend Hilfe benötigen würde. Und deshalb habe ich bei den beiden anderen ein wenig nachgeholfen ...«

Ich fasse es nicht. So ein Schuft! In Herzensangelegenheiten vielleicht etwas schüchtern, aber trotzdem äußerst clever, das muss man ihm lassen. Und er hat ja recht gehabt. Noch nie habe ich mich bei jemandem so wohlgefühlt wie bei ihm. Geschwärmt habe ich schon öfter für einen Jungen. Aber das hier ist gleichzeitig Prickeln und Zu-Hause-Sein. Unbeschreiblich schön!

»Sag mal, was hämmert da eigentlich so?«, fragt Matteo plötzlich.

Jetzt höre ich es auch. An der hinteren Schuppenwand scheint plötzlich jemand an die Wand zu klopfen. Immer und immer wieder.

Langsam nähern wir uns zusammen mit den anderen der Rückwand des Schuppens. Und da stehen Franzi und Mila auf einer Leiter und zeigen stolz auf ein fein geschliffenes Holzschild, auf dem in schönstem Schwedenrot in Handlettering steht: »Kakao-Katzen forever«

Stolz grinsen sie mich an: »Du hast ja gesagt, wir dürfen uns das Schild für unser Kakao-Katzen-Café ausdenken. Und wenn dir das hier gefällt, dann bringen wir vorne über der Tür noch so eins an. Gestern noch in Nachtarbeit entstanden. Laila hat es auch schon abgenickt, oder?«

Ich blicke zu Laila rüber, die glücklich nickt und uns den Okay-Daumen zeigt, und ich zeige ihn glücklich grinsend zurück und habe eindeutig das Gefühl, dass das hier mit uns wirklich noch eine richtig lange, spannende Sache werden kann. Vorhin hat Mila mich nämlich beim Kakao-Nachgießen gefragt, ob wir unsere Sachen nicht vielleicht doch unter irgendeinem schönen Namen wie zum Beispiel »Woll-Schmiede« auf einem der DIY-Portale verkaufen wollen …

Spät am Abend sitzen wir alle überall auf der Terrasse und im Garten verteilt im sanften Schein der Windlichter und Lichterketten und sind mit unserem Kakao in der Hand in leise Gespräche vertieft. Dabei ist es, als spanne sich der sternenklare Himmel wie ein schützendes Zelt über uns. Matteo zieht mich in seinen Arm und flüstert mir ins Ohr, dass die Leute von seiner Theatergruppe gestern im Stau gestanden und leider nur das Ende des Stücks gesehen hätten, das sie dann aber nicht mehr ganz verstanden hätten. Vor allem die Szene, in der der Regisseur Matteo eine Zuschauerin auf der Bühne küsst, hätte ihnen totale Rätsel aufgegeben und sie hätten sich geeinigt, dass sie noch einmal sein nächstes Stück abwarten wollen, bevor sie ihn in ihr Regisseur-Team aufnehmen.

»Sie haben wohl Angst, ich halte das Zuschauer-Küssen für ein neues Regie-Konzept«, meint Matteo zwinkernd. Und dann fragt er mich noch lächelnd, ob er mich wohl schon mal im Voraus als Leiterin des Bühnenbildes für das nächste Stück im Sommer engagieren dürfe, denn da wolle er gerne erneut mit dem Bühnenbild glänzen.

Ich seufze. Es gibt wohl wenige Fragen, die ich lieber höre! Und bestimmt leuchten meine Augen kurz mal mit den Sternen um die Wette, als ich nur wortlos nicken kann.

Denn das heißt: Bald schon wieder für das nächste Stück brainstormen ... und ganz nebenbei mit meinen Kakao-Katzen neue, verrückte Upcycling-Ideen entwickeln und weitere köstliche Kakaosorten erfinden. Und hoffentlich mit Matteo wild und albern herumdiskutieren, auf Hochtouren bauen und Schubkarre fahren und hach, ja ... siehe einfach Liste Nummer 1 😊!

Aber wie auch immer. In jedem Fall gilt ab jetzt: Das Kakao-Katzen-Café forever! Und wer hätte das vor zwei

Monaten gedacht? Ich wohl am allerwenigsten! Mit Glückskribbeln im Bauch grinse ich Laila an, während Matteo seine warme Schulter an meine drückt.

Und check! ☺

IDEENBUCH

Ideen und Bastelnotizen aus Luvs Upcycling-Werkstatt alias dem Kakao-Katzen-Café:

FLICKENTEPPICH AUS BÄNDCHENGARN

Material:

- aussortierte Kleidung (Die Stoffe sollten möglichst ähnlich dick sein. Achtung, Jeansstoffe sind durch die Dicke des Stoffes deutlich mühsamer zu verarbeiten, können aber auch besonders cool aussehen …)
- Häkelnadel, Stärke passend zur Bändchendicke
- ein wenig Restwolle

Anleitung:

Zunächst schneidet man die Kleidungsstücke in lange, schmale Streifen. Am besten so, dass das Band so lang wie möglich wird und möglichst wenige Unterbrechungen hat.

Die Enden der schmalen Streifen knotet man zusammen. Dann wickelt man dieses »Bändchengarn« zu einem Knäuel auf, wie normale Wolle. So kann man besser damit arbeiten.

Nun häkelt man mit dem Bändchengarn Luftmaschen für

die kurze Seite des Teppichs. Je breiter der Teppich werden soll, desto mehr Luftmaschen schlägt man am Anfang an.

Danach arbeitet man mit festen Maschen weiter. Wichtig ist es, die Maschen eher locker als zu eng zu häkeln, da das selbstgeschnittene Bändchengarn natürlich etwas unregelmäßig ist und zusätzlich noch die Knoten besitzt, mit denen die Enden zusammengeknotet sind. Auch die dickeren Stellen sollen ja aber gut durch die Maschen passen.

Für den Teppich kann man nach Lust und Laune verschiedenfarbiges Bändchengarn benutzen – je nachdem, wie bunt der kleine Teppich werden soll. Unserer ist sehr bunt geworden, da wir so viele unterschiedlich farbige Kleidungsstücke verwendet haben.

Wenn der Teppich fertig ist, kann man an den beiden kurzen Seiten noch Fransen aus Wolle befestigen.

Wir finden unseren Flickenteppich cool: Er wirkt ein bisschen wie schwedischer Landhaus-Look auf meinem frisch geölten Holzfußboden! Vor dem Sessel in meiner Kakao-Ecke ideal!

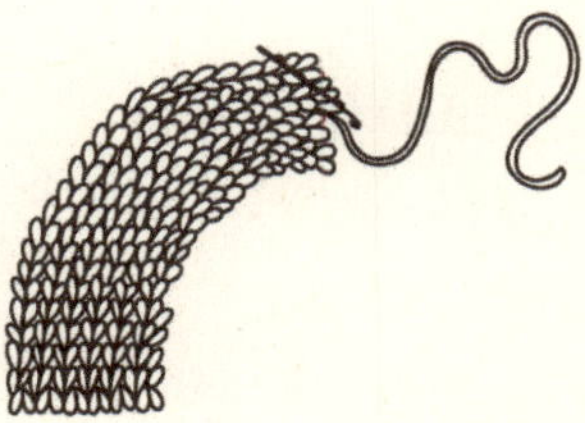

LAMPENSCHIRM AUS SILBERDRAHT UND PERLEN

Material:

- Perlen (z. B. alte, nicht mehr gebrauchte Ketten dafür zerschneiden)
- dünner Silberdraht (5 oder 6 Stücke à ca. 1,40 m Länge)
- Lampenpendel (Lampenfassung mit 5 m Netzkabel mit Lichtschalter und mit Netzstecker) aus dem Baumarkt Achtung: Der Lichtschalter sollte möglichst weit unten am Netzkabel sein, um später gut dranzukommen, wenn man die Lampe an die Decke hängen will.
- unbedingt *LED*-Leuchtmittel (spart Strom und wird nicht zu heiß für die Perlen und den Silberdraht)
- selbstklebender Kabelkanal (Baumarkt)
- Haken für die Decke, durch den das Netzkabel passt
- evtl. Strohhalme und etwas Alufolie

Anleitung:

Achtung: Beim Basteln bitte nie den Stecker in die Steckdose stecken. Immer ohne Stromanschluss basteln!

Man nimmt zunächst ein Stück Silberdraht und wickelt das eine Ende mehrmals um die Lampenfassung. Dann zieht man Perlen auf den Draht auf. Man muss immer mal wieder kleine Buckel oder Knoten in den Silberdraht einbauen – je nach Geschmack –, damit die Perlen etwas Abstand zueinander haben, sonst benötigt man zu viele Perlen. Am Ende des Drahtes dürfen keine Perlen sitzen. Nun formt man mit dem Draht einen großen Bogen und wickelt das andere Ende ebenfalls um die Fassung herum.

Mein Silberdraht ist so dünn, dass er eher in einer langen Schlaufe herunterhängt. Nimmt man jedoch festeren, dickeren Draht, so kann man etwas Rundes daraus biegen. Allerdings passen dann auch nur Perlen mit dickeren Löchern darauf. Da ich so wunderschöne Perlen mit eher kleinen Löchern besitze, habe ich mich für den feinen Silberdraht entschieden.

Wenn der erste Draht sitzt, wiederholt man das Ganze mit den anderen Silberdrähten. Fertig!

Nun kann man das Lampenkabel, am besten mithilfe eines Hakens, an der Decke befestigen. Das restliche Lampenkabel führt man bis zur nächsten Wand und an der Wand hinunter bis zur Steckdose. Damit das Kabel nicht so unangenehm im Raum herumhängt, klebt man einen weißen Kabelkanal dort an die Wand, wo man das Kabel von der Decke hinunterführen will. An der Stelle, an der der Schalter sitzt, muss man den Kabelkanal abschneiden und unter dem Schalter weiterführen. Achtung: Auch diese Arbeiten immer ausführen, ohne dass der Lampenstecker in der Steckdose ist!

In meiner Hütte habe ich das Kabel samt Kabelkanal neben der Tür entlanggeführt, da dort unten neben der Hüttentür die einzige noch freie Steckdose war.

Zusatz: Wer die »Silberdraht-Loops« gerne noch etwas aufspreizen möchte, sodass das ganze Gebilde voluminöser aussieht, kann das recht einfach mit Strohhalmen und Alufolie realisieren.

Man umwickelt einfach ein bis drei Strohhalme mit der Folie und lässt die Folie an den Enden ein wenig abstehen. Nun kann man den Strohhalm zwischen zwei Silberdrähten befestigen, sodass die Drahtschlaufen einen größeren Abstand zueinander bekommen. Das kann man mit so vielen Halmen machen, wie man möchte. Gefällt mir ebenfalls gut. 😊

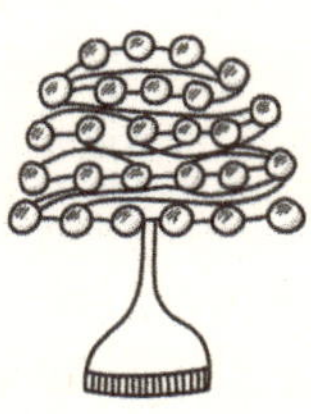

WINDLICHTER AUS MARMELADENGLÄSERN MIT WOLLDESIGN

Material:

- Gläser in allen Formen und Größen: Joghurtgläser, Marmeladengläser, Einweckgläser (Sie müssen nur oben eine große Öffnung haben, damit dort gut ein Teelicht hindurchpasst.)
- 50–200 Gramm Wolle, je nach Größe des Glases
- Stricknadeln (oder Häkelnadel) in passender Stärke zur ausgewählten Wolle

Anleitung:

Man kann die Umhüllung für das Glas entweder häkeln oder stricken. Ich bevorzuge es zurzeit gestrickt, und deshalb erkläre ich es hier ausführlich einmal so: Man nimmt so viele Strickmaschen auf, dass sie sich gerade einmal um das Glas herumlegen lassen. Dann strickt man immer zwei Maschen rechts und zwei Maschen links. Das ergibt ein Muster, das recht kuschelig wird, da sich das Gestrickte ein wenig zusammenzieht und dicker wird.

In diesem Muster strickt man so lange, bis das Gestrickte fast so hoch ist wie das Windlicht. Dann kettet man die Maschen ab und näht das gestrickte Rechteck so zusammen, dass es einen Schlauch ergibt, den man nun auf das Glas ziehen kann. Achtung: Der »Wollmantel« sollte nicht höher als das Glas selbst sein, damit keine Wolle zu dicht an die Kerze gerät und zu brennen beginnt. Ich stricke es allerdings immer erst höher und drücke es dann herunter, sodass es etwas in Falten fällt. Das finde ich einfach cooler, ist aber Geschmackssache.

Wenn die Umhüllung schön locker sitzen soll, muss man zwei Maschen mehr aufnehmen, wenn sie eher straff sitzen soll, dann zwei Maschen weniger. Bei sehr dicker Wolle muss man sowieso immer zwei Maschen weniger aufnehmen, bei sehr dünner Wolle eher mindestens zwei Maschen mehr. Mit diesem Zwei-rechts-zwei-links-Muster wird die Umhüllung etwas elastisch und recht dick und schön hyggelig. ☺

Wer es gerne etwas enger anliegend mag (z. B. Laila), der strickt einfach die ganze Zeit entweder nur rechte oder nur linke Maschen – man muss dann aber von Anfang an ein paar weniger Maschen aufnehmen, als der Durchmesser des Glases vorgibt.

Wenn man sich fürs Häkeln entscheidet: Hier geht es ganz leicht, in der Runde zu häkeln, das eignet sich also auch gut für diese Woll-Windlichter!

Dafür schlägt man die passende Anzahl an Luftmaschen

an und häkelt dann feste Maschen in der Runde, bis die Umhüllung ein wenig kürzer ist als das Glas selbst. Die Dicke der Umhüllung bestimmt man einfach durch die Wollstärke. Ich nehme da gerne mehrere Fäden zusammen, denn, wie gesagt: Ich liebe hyggelige, kuschelige Lichter 😊.

Zusatz: Wenn man die Windlichter in unterschiedlichen Größen zu Grüppchen zusammenstellt, sehen sie besonders gut aus, finde ich. (Ein Kreis ist aber auch schön: Wir haben unsere vielen Lichter mit ihren neuen, kuscheligen Umhüllungen in Wollweiß und Türkisblau auf der Terrasse rundherum aufgestellt und angezündet, das war total stimmungsvoll.)

LAMPIONKETTE

Hier noch schnell die Anleitung für eine Lampionkette. Unsere sind einfach superschön geworden! Dafür hat Franzi uns den Tipp mit dem Tapetenkleister gegeben, denn damit hat sie schon viele witzige Pappmascheefiguren mit ihrem Bruder gebastelt. Und die ungewöhnliche Stabilität, die dieser Kleber gibt, ist eben auch zum Festigen von Wolle super.

So kann man tatsächlich ein festes »Wollgerüst« für die kleinen Lampenschirme einer LED-Lichterkette basteln. Und es ist echt einfach!

Material:

- kleine Luftballons
- Baumwollgarn in verschiedenen Farben
- Tapetenkleister (Baumarkt)
- Schere
- Schüssel
- Gummihandschuhe
- LED-Lichterkette

Anleitung:

Für eine Lampionkette mit 10 LED-Lämpchen bläst man 10 kleine Luftballons auf – nur etwas größer als Eiergröße.

Dann rührt man den Tapetenkleister nach den Angaben auf der Packung an und füllt ihn in eine Schüssel. Er muss schön zäh sein. Damit die Finger nicht vollkommen klebrig werden, sollte man sich nun lieber dünne Gummihandschuhe überziehen.

Nun schneidet man einen ca. 3 Meter langen Baumwollfaden ab und legt ihn in die Schüssel, sodass er gut mit Kleister getränkt wird. Jetzt kann der Kleisterspaß so richtig losgehen ☺. Langsam wickelt man den Faden um den Ballon, wobei man ihn immer schön an die Ballonhaut andrückt, damit er dort gut klebt. Es dürfen gerne überall kleinere Lücken bleiben, damit es ein wenig luftig und leicht aussieht.

Vorsicht: Unten muss man eine kleine, deutliche Lücke lassen (gern dreieckig), etwas größer als eine LED, damit man dort später das Lämpchen der Lichterkette hineinstecken kann.

Am besten lässt man die kleinen Wollballons über Nacht trocknen. Im Notfall kann man auch mit dem Fön ein bisschen nachhelfen.

Wenn alles gut getrocknet ist, drückt man mit dem Finger durch die Wolllücken die Wolle von der Ballonhaut ab. Ist alles so weit gelöst, kann man den Ballon mit einer Schere platzen lassen, indem man durch eine Wolllücke in ihn hineinsticht. Man zieht die Ballonreste heraus und voilà: Nun hat man ein festes Woll-Lampenschirmchen, das man auf eine der LEDs aufstecken kann.

Das Gleiche macht man anschließend noch mit allen anderen Lampenschirmchen. Dann braucht man die Lichterkette nur noch in eine Steckdose zu stecken. Tusch und tadaaa: Eine echte Lampionkette leuchtet einem entgegen in den Farben, die man sich gewünscht und ausgewählt hat … 😊 I like!

WINDSTOPPER

Windstopper sind recht leicht herzustellen und können an zugigen Stellen Wunder bewirken – auf einer Fensterbank, an Schuppentüren etc. 😊

Material:

- ein aussortiertes Handtuch
- Wollreste
- Stricknadeln (oder Häkelnadel, wenn man lieber häkelt)

Anleitung:

Das Handtuch wird zu einer langen schmalen Rolle gewickelt. Für diese Rolle strickt man dann eine Umhüllung, also ein rechteckiges Strickstück, wahlweise einfarbig oder bunt. (Wer lieber häkelt, kann das natürlich auch tun!)

Das Strickstück muss etwas länger sein als die Handtuchrolle. Am besten nimmt man so viele Maschen auf, dass die Anfangsreihe so lang ist wie die Handtuchrolle, und gibt dann noch vier zusätzliche Maschen dazu. (Bei dicker Wolle muss man keine Maschen dazugeben, das Strickstück wird sowieso länger. Bei sehr dünner Wolle sollte man sogar noch ein paar Maschen mehr dazugeben.)

Dann strickt man so lange, bis man das Strickstück genau einmal um die Handtuchrolle legen kann.

Zum Schluss legt man das fertige Strickstück um die Handtuchrolle und näht zuerst die beiden langen Seiten des Strickstücks aneinander. Anschließend werden die beiden kurzen Seiten noch zusammengenäht.

Natürlich sieht hier dicke, flauschige Wolle wieder besonders gemütlich aus – und damit geht es auch schneller, die Umhüllung herzustellen.

PINNWAND AUS ALTEM TABLETT UND GESAMMELTEN WEINKORKEN

Material:

- sehr viele Weinkorken
- ein altes Holztablett
- Holzleim (Baumarkt)
- scharfes Obstmesser oder (noch besser) Cutter – aber Vorsicht, die sind unheimlich scharf!
- eine schnittfeste Unterlage

Anleitung:

Zunächst schneidet man an der Längsseite der Korken gerade so viel ab, dass sich eine ebene Schnittfläche ergibt, die man später gut ankleben kann. Man begradigt also an dieser Stelle den sonst runden Korken. (Ich würde genau auf der gegenüberliegenden Seite der Aufschrift schneiden, sodass man später die Aufschrift oben hat.) Es ist dabei wirklich sehr wichtig, dass die Unterlage schnittfest ist!

Nun legt man die Korken in einem Muster, das einem gefällt, in das Tablett hinein, dicht an dicht. Man sollte von innen nach außen legen, so kann die Mitte schön und passend gearbeitet werden. Am Rand muss der ein oder andere Korken eventuell etwas »zurechtgeschnitzt« werden, um exakt zu passen.

Diesen Zwischenstand kann man fotografieren, falls man beim Kleben gleich noch einmal nachgucken will, wie es gut passt. Anschließend nimmt man alle Korken wieder heraus und beginnt mit dem Ankleben (dafür die Angaben auf der Holzleimpackung beachten). Es ist gut, noch ein paar Korken in Reserve zu haben, falls das Muster doch etwas anders gerät oder verrutscht und man Lücken ausbessern muss … ☺

Wenn man die Aufschriften auf den Korken schön nach oben legt, sieht es richtig vintagemäßig aus. Sehr cool!